二見文庫

未亡人と美姉妹

氷室　洸

目次

未亡人と美姉妹

プロローグ

菖蒲《しょうぶ》が強く匂う。高貴で、少し冷たく、そして人を魔性の空間へと誘っていくような不思議な香りだ。空気がピーンとはりつめている。

ほの暗い十二畳あまりの部屋。

ひんやりとした晩秋の冷気が、夕焼けに赤く染まった障子の隙間から、和室の畳へと流れ入ってくる。「ううっ、ううーん……」

くぐもった呻き声が、妖しい部屋の静寂を破って、高い天井へとかすかに昇っていく。

その声は、若い男のもののようだが、どこか頼りなげであり、何者かに必死で哀願を繰り返しているように聞こえてくる。

「ああ、志帆《しほ》さま、優香《ゆうか》さま、麻理《まり》さま……」

喉の奥から絞り出すような、それでいてか細く美しい声だ。

「ほほほ……いつ聞いても坊やの声は女の子のようにきれいな声」

「うふっ、まるで可愛い小鳥の囀《さえず》りのよう……」

「もうすっかり裕輔《ゆうすけ》は私たちの素敵な愛玩物《ペット》ね」

三人の女は、侮蔑し嘲るような冷たい視線を、その「愛玩物」に向けてさも満足そうに言った。口元に妖しい笑みすら浮かべている。

「なんて恥ずかしい格好なのかしら」

「ママ、この子のおち×ちん、すっかりしょげかえってるわ」

「でも姉さん、すぐ元気になっちゃうわよ。ママと姉さんと私にいじめられると、ね」

陰惨な悦楽に酔い痴れようとする牝豹たちは、あわれな生贄の全身を舐めまわすように見下ろして、含み笑いを洩らした。

白い障子をあかあかと照らしていた晩秋の夕日が、その暮色を次第に暗くしていく。秋の日は暮れていくのも早い。広い部屋の天井にはめ込まれた仄暗い螢光灯の光が、ややくすんだ畳の上に転がされている白い肉体を照らし出した。

「ううっ、ううーっ……」

その肉体は華奢な体軀で、肌が白く、全体がほどよく引き締まっていた。若々しい肉体の持ち主は、まだどこかにあどけなさを残している少年のようであった。端正で彫りの深いマスク、眉毛も濃く、黒く大きな瞳がわずかに潤んでいる。

少年は全裸であった。そして両手両足を赤いロープできつく拘束されていた。不自由な体を左右にくねらせながら、全身を小刻みに顫わせていた。それは寒さのせいばかりではない様子であった。

「どんなに暴れたって、ここから逃げ出せはしないことぐらいわかってるでしょ、坊や」

「あぁーっ……!」

黒いレザー地のタイトミニのスカートからしなやかに伸びた脚の爪先で、女は体を堅くして顫えている少年の平板な胸を軽くあしらった。女の美脚は、細かい網目状の黒いストッキングにくるまれている。

「ゆ、優香さま……」

「うふっ、坊やはこうやってストッキングの足でオッパイやおち×ちんを弄ばれたいんでしょ」

女は、淫靡で冷たい笑みを面長の白い顔に浮かべながら、切れ長の美しい瞳をキラリと輝かせた。そして、ストッキングにつつまれた爪先で、少年の小さな乳首をグリグリと抉るようにして玩弄を続けた。

「ああ、ああっ、優香さま！」

少年は拘束された体を、まるで少女のようにくねらせ、唇を半開きにして身悶える仕草をみせた。

「ほほほ、とっても可愛い坊や。私たちのペットにしちゃ上出来の部類ね」

黒髪をあぜやかに結った和服姿の女は、じっと腕組みをしながら、緊縛の美少年を淫靡な眼差しで見つめていた。

女は色白で、面長の顔立ち。いかにも日本的な美人と呼ぶにふさわしい端麗な容姿である。やや切れ長の黒く潤んだような瞳、肉厚の唇は真っ赤なルージュを引いている。臙脂《えんじ》紫の和服が、女のどこか妖しい雰囲気を十分に醸していた。

四十歳を少し越えた年齢に見えるが、その美貌と高貴に匂いたつ気品は、完熟した女のなまめかしさを漂わせてあまりあるものであった。白い項にかかったほつれ毛が、なんとも悩ましい。

女の名前は「志帆」と言うらしい。

「優香、麻理、この坊やのここを元気にしてあげなさい」

和服姿の麗人は、二人の女にそう命じた。

「わかったわ、ママ」

二人は同時に、淫らで冷たく、そして悪戯っぽい笑みを白い頬に浮かべ返答した。

「さあ、裕輔。裕輔のいやらしいおち×ちんを大きくしてあげる」

「ああーっ、ま、麻理さま……！」

少年が「麻理さま」と呼んだ女が、ルーズソックスの足で少年の萎え切った股間の肉塊をギュッと踏みつけた。

「だらしないわね、裕輔。こんなんじゃ、ママや姉さんを満足させることなんてできはしないわ」

「ああっ、ああーっ……！」

小悪魔的な雰囲気をもった女は、濃紺のミニの襞スカートに、白いブラウス、それにモスグリーンのジャケット姿であった。

どうやら高校生らしい。ショートカットに髪をそろえ、黒く大きな瞳を無邪気なほどに輝かせている。白く、しなやかな素足にルーズソックスが可愛くフィットしている。

麻理は全裸の少年を「裕輔」と呼び捨てにした。おそらく麻理という少女とは同年代の少年のようにも見える。

麻理はさらに、ソーセージでも踏みつけるように、少年のペニスをグイグイと翻弄し続けた。

「ああ、ううーん」

少年は、ロープで手足を拘束された不自由な格好で、上体を左右にくねらせた。しかし、呻き声とは裏腹に、少年は苦痛とも喜悦ともつかぬ、うっとりとした表情を満面にたたえ始めていたのだ。

「うふっ、私も協力しちゃおうかな」

「優香さま」と呼ばれた女が、少年の顔を跨いで立った。

ストレートロングのつややかな黒髪が、気品のある瓜実顔《うりざね》によく似合っている。年齢は二十代半ばといった感じの、ＯＬ風の女性だ。淡いピンク色のシルク地のブラウスから、バストのほどよい膨らみがなんとも色っぽい。成熟した大人の女の匂いを全身から発散している。

どうやら、優香と麻理は姉妹。そして、和服姿の志帆は二人の母であるらしい。

「私のお股の臭いをたっぷりと味わわせてあげるわ」

優香は、レザーの黒いタイトミニのスカートをウエストのあたりまでおもむろにたくしあげて、少年の顔の上に、ストッキングとパンティでぴっちりとガードされている股間を押し当てた。

「ううっ、うぐーっ……」

少年は、優香の股間で顔面を塞がれ、息苦しそうに呻いた。そして、両膝を擦り合わせ、いかにも嫌がる素振りを示した。

「どうかしら、私のお股の臭いは？　いま生理なのできっといい臭いがするはずよ。嬉しいでしょ、坊や。女の子の臭いを嗅ぎたかったんでしょ。さあ、どうなの！」

やや厳しい口調で優香は言った。そして、さらに少年の顔面にムンムンとした女の媚臭が充満した股間を強く押しつけ、美しく括れたウエストを激しく揺すった。

「うう、ううっ、ううーん」

妹の麻理にペニスをルーズソックスの足裏で蹂躙され、姉の優香に股間の蒸れた媚臭をたっぷりと嗅がされながら、少年の萎えきっていたペニスがムクムクとその初々しい頭をもたげ始めてきた。

華奢な体のわりには、十分に剝けきっているたくましいペニスであった。若いだけあって、肉棒の膨張率は大きい。

「うふっ、ママ、裕輔のおち×ちん大きくなってきちゃったみたい」

弾むような肉棒の感触を足裏で確かめながら、麻理は悪戯っぽい視線を母の方に送った。

「そう、やっぱり若いだけのことはあるわね。今日は、ママが坊やのいやらしいミルクをいやというほど搾り取ってあげようかしら」

うっすらと口元に淫靡な笑みをたたえて、物静かな口調で女は言った。

「裕輔、今日はママが裕輔のミルクを欲しいんだって。うれしいでしょ、きれいな私たちのママにお相手してもらえるなんて最高じゃない」

誇らしげに麻理は言った。そして、踏みつけていた少年の肉棒から足を離した。

「すごいじゃない、ママ。この分じゃ四、五回は軽いって感じね。なんだか私も感じてきちゃったみたい」

優香は、見事に天井めがけてそそり立っている、少年のトーテムポールのような肉柱をしげしげと観察しながら、いかにも好色そうな頰を赤く染めた。

「せっかくだから、優香。坊やに生理で汚れたお股をきれいにしてもらえば」

母は上品そうに笑って、娘に淫靡な行為をもちかけた。

「そうねえ、ママ。今日は生理がひどくって、お股がぬるぬるして気持ち悪いから、坊やにきれいにしてもらっちゃおうかな」

姉の優香は少年の顔を股間から解放して言った。

「ママ、実は……私も生理になっちゃったの」

妹の麻理が口をはさんだ。

「えっ、麻理も？」

母は少し驚いたような顔付きで麻理を見た。

「それなら麻理、ついでだから二人して坊やのお口と舌とでお股を掃除してもらいましょうよ」

優香はそう提案した。

「うん、姉さん。裕輔はお股のご奉仕はとっても好きなんだし。ね、そうなんでしょ？　裕輔」

少年の顔を覗き込むようにして、麻理はそう問い質した。

「は、はい、麻理さま……」

少年は、少女のように長い睫を顫わせて、麻理の顔を見上げた。

「あとでママのご褒美が待ってるからね。じゃあ私から」

優香はいそいそとタイトミニのスカートのジッパーに手をかけた。

スカートが黒いストッキングに包まれた美脚を滑り床に落ちた。

こまやかな網目のストッキングから、股間に貼りついた白いパンティが透けて見える。美しく、しなやかな脚線、ほどよく肉づいた太腿とまろやかなヒップラインは、少年の若々しい官能をくすぐるに十分すぎるほどであった。

少年のペニスはさらに逞しさを増して、天を衝《つ》いて息づいていた。

「うふっ、よほど優香のおま×こにご奉仕するのがうれしそうね。いやらしいわね、坊や。こんなにおち×ちんをおっ立てちゃって」

志帆は、畳に転がされている少年の傍らに着物の裾をそろえて膝をつき、袂《たもと》を少し捲り上げて、白魚のような手で初々しい肉棒を撫でまわした。

「ああ、志帆さま……！」

少年は両膝を擦り、ヒップを激しくくねらせ、感極まったような嬌声をあげた。

「ほほほ、立派なものだこと。でも、簡単に射精なんかさせないから安心なさい。あとでたっぷりと坊やの新鮮で濃いミルクをいただくことにしましょう」

志帆は、爪先でピーンと軽く少年の美しいピンク色に染まった亀頭を弾いた。

少年の顔が一瞬ゆがんだ。

「ああーっ」

「ご奉仕できると思っただけで坊やのおち×ちんはビンビンね。とっても可愛いペットだこと……裕輔は」

いとおしむように、細い指先で少年のペニスをなぞりながら、志帆はわずかに白い頬を紅潮させた。美しい瞳の奥が妖しく光った。

「ママ、坊や、もうイキそうよ。おち×ちんの先から透明なお露が滲み出てるわ」

ストッキングとパンティをいっしょに引き降ろし、引き締まった足首から抜き取りながら、優香は言った。

「大丈夫よ、優香。もしお洩らしでもしたら、痛ーいお仕置きをしてあげるから。わかったわね、坊や。我慢して、精一杯ご奉仕するのよ」

「は、はい……志帆さま」

少年は黒い瞳を潤ませ、か細い声でそう頷いた。

「わあ、姉さん、けっこう多いわね」

麻理が姉の脱ぎ捨てたパンティに装着されていた生理用ナプキンを手に取り、

経血をたっぷりと吸い込んだメッシュシートをしげしげと眺めながら言った。

「やーねえ、麻理。そんなに見ないで」

「いいでしょ、女同士だもの。うふっ、裕輔の顔ったら……早く姉さんのおま×こを舐めたくって我慢ができないって感じね」

半ば嘲るような麻理の言葉に、少年はいかにも恥ずかしそうに顔を反らした。

「坊や、しっかりと私のここにご奉仕するのよ。気を入れてやらないとママにきつーいお仕置きをされるからね」

少年の顔を跨ぎ、黒いキャミソールをウエストの上までたくしあげながら、優香はそう念を押した。

白く、しっとりとしてなめらかな肌だ。恥丘の膨らみを覆っている黒い草むらとのコントラストが女の妖しいなまめかしさを引き立てている。

「さあ、坊や。女の子の生理の味を堪能させてあげるわ」

そう言って、優香はまろやかなヒップを揺すりながら、少年の顔にゆっくりと柔腰を沈めていった。

「ううっ、うぐーっ……！」

少年は苦しそうな呻《うめ》き声を発した。両膝を震わせ、激しく頭を振ろうとした。

しかし、優香のぬめった淫裂が少年の口を強引に塞いだ。

「何よ、坊や。うれしいくせに暴れるんじゃないわよ！」

少年の顔を弾力感に満ちあふれたヒップで押さえつけながら、優香は両手を平板な少年の胸について体重を預けた。

「ううっ、ううーん……！」

「さあ、坊やの欲しがっていたものよ。とってもいい臭いがするでしょ。舌とお口とを上手に使って丁寧に舐めるのよ」

「ううっ、ううーっ、ううーん……！」

少年の鼻孔を強烈な異臭がつく。経血と残尿と膣液とが入り混じった、女の媚臭だ。

少年は思わずむせ返った。口を柔らかな肉襞で塞がれ、その息苦しさに身もだえながら、口を開き、淫裂に添って舌を這わさずにはいられなかったのである。

目の前に成熟した女のまろやかなヒップが揺れている。すぼまった濃い紫色の菊蕾が覗く。

「ああーん、いい、いいわ。そのざらざらとした舌の感触。そう、その調子よ。舐めて、もっと強く！」

優香の唇から甘い吐息が洩れた。少年の舌の動きに合わせるように、ヒップをなまめかしくくねらせ、初々しい口舌奉仕を強要した。

「ううっ、うっ、うっ、うっ……」

少年は、何度もむせびながら、優香の秘肉とその熱く潤った蜜壺を舌先でがむしゃらにかき回した。じゅくじゅくといやらしい女の淫欲の蜜液が秘孔からあふれ始めた。少年はその甘美な蜜液を狂ったようにすすった。

ピチャピチャと淫靡な音をたてて、少年の舌は優香の秘唇に吸い付き、蛞蝓《なめくじ》のように柔肉の深い溝に侵入していく。

「ああっ、ああーん。いい、いいわ、とっても……吸って、もっと強く!」

優香は次第にあえぎ始めた。

ストレートロングのつややかな黒髪をかき乱し、上体をくねらせ、キャミソールを胸の上までたくし上げて、黒いレースのハーフカップブラにしっかりとガードされているバストを自らの両手でまさぐり、荒々しく揉みしだいた。

「うふっ、姉さんったら、すっかり裕輔の舌で感じちゃったみたい」

麻理が姉の痴態を眺めながら、悪戯っぽく黒く大きな瞳を輝かせた。

「ほほほ、優香も案外とだらしないわね。坊やの舌でイッちゃうなんて」

志帆がため息まじりに言った。そして、優香のナプキンを手にして、少年の屹立した肉塊に巻きつけた。

「坊や、これが欲しかったんでしょ。優香のおま×こがここに当たっていたのよ。どうかしら？　おま×この中におち×ちんを入れてる気分でしょ」

肉棒をナプキンで包み込むようにして、志帆は軽くしごいた。

「ううっ、ううーん……！」

少年は両足をバタつかせ、くぐもった呻きをあげた。肉棒の先端から、透明な先汁がじんわりと滲み出た。肉棒が志帆の手のひらの中で小刻みに痙攣を繰り返し始めた。

「ああーん。もっと、もっと！　クリトリスも……吸って！」

優香は、激しく少年の顔の上であえぎ、はしたない言葉を口走った。すでにブラカップをずり上げ、みずみずしい弾力に富んだ乳房を露出して、激しく両手で揉みしだき続けている。

「ううっ、うぐーっ……！」

少年の舌先が、女の最も敏感な木の芽をとらえた。すでに優香のあえかな木の芽は薄い包皮を突き破って、充血した鶏冠を露出してしまっていた。少年は、その突起にむしゃぶりついた。唇をすぼめて、コリコリとした肉芽の感触を確かめるようにして、その部分をきつく吸った。

「あうっ、ああーん！」

ひときわ甲高いよがり声を優香は発した。敏感さを増した突起を吸われ、全身に強烈な電流が走ったかのように、優香は上体を大きく弓なりにのけ反らし、少年の胸板に爪を立てた。

志帆は少年のペニスをしごく手の力をぐいっとこめた。

その瞬間であった。

「ううっ、ううーっ……！」

少年の体が大きくのけ反った。

両膝を激しく震わせ、肉棒の先端からおびただしい量の液体を天井めがけて撒き散らしたのであった。

「我慢のできない坊やね。なんてだらしのないおち×ちんなの！」

志帆は、まるで太いソーセージでも踏みつけるかのように、少年のペニスを白足袋の足裏でグイグイと圧搾した。

「フーッ……。ママ、これじゃご褒美はあげられそうにないわね」

今までけたたましいあえぎ声をたてていた優香が、乱れた髪を整えながら、あわれな少年を見下ろして言った。

「もうイッちゃったの、裕輔。今度は私にご奉仕する番なのに……なんだか興ざめだわ」

麻理が足首からパンティを抜き取って、少年の顔を跨いだ。

「そうねえ、本当にしょうがない坊や。そろそろ新しいペットちゃんが必要かしら……」

淫蕩な牝豹は、その切れ長の瞳を妖しく輝かせ、倒錯の欲望に満ち足りた表情を静かに浮かべていた。

第一章　母娘の蜜戯

玄関に立つと、なんとも芳しい高貴な花々の匂いが漂ってきた。

川村克樹《かわむらかつき》の心の緊張感を、その甘い匂いはいくぶん和ませてくれた。連翹《れんぎょ》、美《び》人蕉《じんしょう》、それに辛夷《こぶし》や雪柳《ゆきやなぎ》、ユーカリ……。

克樹は、梅津《うめづ》志帆が生け花の師範であることをあらかじめ知っていたので、少しは花の名前を覚えておこうと予備知識を蓄えていた。

克樹にとって、花はいわば母の匂いでもあった。いつも清楚で気品があり、そしていささかも美貌を失わない写真の中の母。若くしてこの世を去った母の素顔を克樹は覚えているわけではない。しかし、心の中の母はいつまでも若く、そして美しい存在であった。

高校三年生の克樹にとって、この梅津志帆の家にやっかいになることは、どうしても負い目があった。自らの運命の逆風を呪わずにはいられなかった。大学受験を来年に控えている大切な時期だ。それも一流の国立大学への進学を目指して勉強に励んでいる真っ只中のことだ。しかし、仕方のないことだった。

克樹の父は、東京の下町で金型を製造する工場を経営していた。母が若くして急逝してからも、内気で人見知りする性格がことのほか強い克樹のことを案じて、再婚をしないままできた。

その父の工場が、折からの不況で倒産の憂き目を見たのはつい二週間前のこと。克樹にしてみれば、まさに青天の霹靂であった。父は、一人息子の克樹に対して、工場の経営が苦しいことなどつゆほども口には出さなかった。倒産したことを知らされた克樹は大きなショックを受けた。

父は「この家にはもう居られない」ことを、涙ながらに克樹に告げた。そして、このまま二人して暮らすこともままならないと、申し訳なさそうに言った。父は、子供にまで害が及ぶことを避けたかった。

「克樹。しばらくの間、静岡のおばさんの家にやっかいになってくれ。梅津志帆さんという人だ」

父は、とまどう克樹にそう提案した。それが最善の策であることを繰り返し、克樹を説得した。克樹は困惑したが、苦しい父の立場を理解して、仕方なくその提案を承諾した。

「わかった、父さん」

「いつまでもというわけじゃないんだ。お父さんが会社の整理をするまでの半年ほどの間だ。克樹も大学受験で一番大事な時期であることはわかっている。……すまない。だが、そうしてくれ。志帆さんにはちゃんと話はつけてあるから、決してお前が不自由することはないはずだ」

梅津志帆。克樹は初めて耳にする名前であった。なんでも克樹の母方の遠縁に当たる人らしい。父とはなんらかの付き合いがあったようだが、その人物に会った記憶も、またその家がある静岡にも克樹は行ったことすらなかったのだ。父に見せてもらった写真の中の志帆は、美しく清楚でほのぼのと匂いたつような気品があった。

父の話によれば、梅津家は相当な資産家らしい。いわゆる地方の旧家である。しかし、志帆の夫はすでにこの世にはいない。現在は志帆と二人の娘との三人暮らしということだ。

志帆の夫は、呉服卸し関係の大きな商店を経営していた。その夫が急逝し、悲嘆に暮れていた志帆に、「商店を継いでほしい」と従業員から懇願されたが、もとより世間体には疎い令嬢育ちの志帆には、それは無理というものであった。店を信頼できる人間にまかせて、半分は自活のためにと、現在の生け花教室を開いたらしい。そんなにしなくても、三人家族が生活していくだけのあり余る財産が梅津家にはあったのだが。

父もそれ以上の詳しいことは知らない様子であった。つまり、とにかく克樹のことを思って、きっと受け入れ先を探すためにさまざまなつてを頼りに奔走してくれたのだ。

克樹はそんな父のはからいがありがたかったが、一方ではひどく不安だった。遠縁に当たるとはいえ、未だ会ったこともない家族といっしょに暮らすことになるのだ。それも母親と二人の娘という女ばかりの家族。一方、克樹は今まで父との二人暮らし、しかも高校は男子校であり、これまで異性とはまったく無縁の環境の中で育ってきた。そんな克樹がいきなり女の園にうまく入っていき、そして見知らぬ姉妹と仲良くやっていけるだろうか……。しかも、克樹には、梅津家に世話になるという負い目がある。

だが、今はそんなことでためらっている余裕などなかった。とにかく、先の見えない運命の靄《もや》の中へ身を投じるよりすべはなかったのである。

克樹は、勉強道具と少しばかりの着替えを携えて、追い立てられるようにして、住み慣れた東京を後にして静岡へと向かった。


晩秋の光が、ほとんど落葉した街路樹に注いでいる。梅津家は、いまだ田園風景が残っている閑静な住宅街の高台にあった。

克樹は、その日、これまでの緊張のせいか、少し風邪気味で体調が悪かった。克樹は都内でも名門の進学校である私立高校の三年生であった。なかなかに聡明であり、成績もつねにトップクラスに位置していた。亡くなった母親に似て、色白で肌も少女のようにきめ細かく、黒く大きな瞳と長い睫が印象的な、いわゆる美少年タイプである。もし高校が男女共学であったならば、きっと「可愛い」と女生徒たちにもてはやされたにちがいない。

少し寒気がする。体がだるい。きっと熱があるのだろう。

玄関のドアを開ける。都会の家のようにインターホンなどなかった。梅津家は古い木造の建物であるが、けっこう風情があり、庭も広く、松や樅、銀杏や梅の木が植えられている。いかにも地方の旧家らしく、鬱蒼とした雰囲気を漂わせていた。

「こんにちは、川村です」

克樹はややためらいながら、しかし意を決してそう挨拶した。緊張と不安とで、足がすくんだ。

だが、奥から何の応答もない。

誰もいないいんだろうか？

「ごめんください、川村です」

さっきよりも、さらに声を張り上げて克樹は中からの応答を待った。しかし、いくら呼んでも人の出てくる気配はなかった。

克樹は困惑した。前もって電話をしておくべきだった。生け花教室をやっていると聞いていたので、てっきり誰かが居るものとばかり思い込んでいたのだ。

克樹は再び玄関の外に出てみた。あたりを注意深く見渡す。梅津家は、二階建ての本宅とは別に、庭の奥まった所に離れの部屋があった。

どうやら生け花教室に使っている部屋は、離れに位置しており、入り口も別であるらしい。庭の生け垣の木の扉を開けて行き来するように作られている。

ほのかに生花の匂いがした。

あの離れの部屋で生け花の稽古をしてるんだろうか……？　留守ということはないだろう。きっとあの部屋に居るんだろう……志帆という人は。克樹は耳を澄ませた。

しかし、離れの部屋からも人の声がしない。

克樹は庭の方に回り、生け垣の木戸を開けて、花々の芳しい匂いが充満している離れへと足を向けた。晩秋の冷ややかな空気がピーンと張りつめていた。

その部屋は、十二畳ばかりの広さであった。庭の樹木が茂っているので、部屋に陽の光はほとんど届かない。したがって、昼間でも何となくほの暗い空間である。

あたりはしーんと不気味なほどに静まりかえっていた。克樹は、靴を脱いで離れに上がった。ひんやりとした畳の感触が足裏に伝わってくる。

どうしたんだろう？　誰も居ない……。

志帆の姿はなかった。白い障子の壁際にそって、さまざまな生け花が並べられている。菖蒲の葉の緑が強く匂った。

克樹は部屋を見回した。しかし人の気配はない。克樹は少し不安になった。

どうして誰もいないんだろうか？

もう一度部屋を見回し、克樹はあきらめて立ち去ろうとした。その時であった。

「ああ、ああーん……」

かすかにすすり泣くような女の声が、克樹の耳に伝わってきた。克樹は耳をその声の方向にそばだてた。

「ううっ、あはーん……」

たしかに声が聞こえる。その声は、すすり泣くというよりはあえぐような悩ましい女の声であった。

克樹は声のする方向をもう一度確かめた。

部屋の奥まった所から、その声は洩れ聞こえてくるようだ。

あ、あの部屋だ!

離れの和室は、生け花の稽古のために使っている大部屋ひとつではなかった。その部屋の奥にもうひとつの部屋があるらしい。

すすり泣くような、あえぐような声は、たしかにその部屋から洩れてくるのだった。

誰だろう? おばさまだろうか。でも……どうして?

克樹の心に不安がよぎった。ひょっとして志帆が、急な病気かなにかで苦しんでいるかもしれない。

克樹は、女の声が洩れてきたその部屋に足音を忍ばせて近づいていった。そして、部屋の前に立って襖を開けようとした。

「あはーん、いい、いいわ……」

女の甲高い声のトーンがひときわ高まり、襖越しに克樹の耳にはっきりと響いてきた。その声は、決して清楚で冷静でやさしい女の声ではなかったのだ。甘く、悩ましい女のよがり狂ったようなあえぎだ。

どうしたんだ?

克樹は部屋の中の異変に気づいた。

一人じゃない!　誰かいる……。

風邪の熱で悪寒がしているのも忘れ、克樹は息を押し殺して、襖に手をかけた。音をたてないように細心の注意を払って、中の様子が眺められるぎりぎりの所まで襖を開けた。ほの暗い光が襖の隙間から洩れてくる。

恐る恐る克樹は部屋の中の様子を覗き込んだ。

ああっ!　こ、これは……!

克樹は思わず声を出して叫びそうになった。たしかに人がいた。しかし、それは生まれて初めて見る異様な光景であった。

女だ。四十を過ぎたと思われる、完熟した美貌を全身にたたえた女。

ま、まさか、志帆おばさま……！

克樹はわが目を疑った。写真で見た梅津志帆にちがいない。しかし、その女からは、気品のある、しとやかさがすっかり消え失せていた。

「ああ、そ、そこよ。ああーん、感じちゃう……！」

おおよそ旧家の女主人には似つかわしくない、はしたないよがり声だ。克樹は信じられなかった。本当にあの人が志帆おばさまなのか。いや、そこにいるのは淫欲に狂った一匹の牝でしかなかったのだ。

志帆の淡い臙脂紫の着物の裾が、白い長襦袢もろともに大きく捲れあがっている。なめらかで、ほどよい肉づきを保った太腿があらわになり、帯が乱れ、袂がはだけられ、かたちのいい乳房が剝き出しになってしまっている。

まばゆいばかりの白く透き通るような肌だ。

しかし、克樹をさらに驚かせたのは、もう一人、女がいたことだ。

志帆の大きく割られた股間にその女は顔を埋めていた。若い女性だ。二十代半ばのように見えた。ストレートロングの黒髪が、志帆の股間に乱れている。

「うう、ううーん……ううっ」

「いい、いいわ、優香。今日は優香がママにご奉仕する番よ。ああ、あはーん」

「ママ、もっと感じさせてあげる」

やや上ずった声で女は顔をあげた。その女の名前をたしかに「優香」と志帆は呼んだ。

優香……。克樹はその名前を父からあらかじめ聞かされていたのだ。たしか……志帆おばさまの娘の名前だ！

克樹はわが目を疑わずにはおれなかった。未だ異性を知らない純真な克樹にとって、それはきわめてショッキングな光景であった。

優香は、母の志帆の大きく開かれた太腿の間に顔を埋めながら、女の神秘の部分に口と舌とで濃厚な愛撫を加えている最中であった。ピチャ、ピチャといやらしい音をたてながら、母の恥ずかしいところを舐め、吸っている様子である。

「いい、いいわ、もっと、もっとよ……優香！」

志帆は、同性である娘の愛撫に敏感に反応していた。ていねいに結い上げたつややかな黒髪を激しく乱し、白い眉間に皺を寄せ、目をつむったままで喜悦に満ちた表情を浮かべていた。真っ赤な紅を引いた、やや厚い唇を半開きにして、たまらないとばかりにはしたないあえぎを洩らし続けた。

　優香は志帆の股間から顔を上げた。そして、着物と長襦袢の裾をさらに大きくたくしあげた。

「ママ。ママのおま×こ、もうぐちょぐちょに濡れちゃってるわ。なんだか男のおち×ちんが欲しくってヒクヒクと口を開いてる。ママの体、とっても感じやすいみたい」

　赤い唇を母の流した蜜でぬらぬらと濡らしながら、優香は美しい切れ長の瞳を妖しく輝かせていた。

「ああーん、優香。言わないで……そんな恥ずかしいこと」

　志帆は、娘の口舌愛撫を受けて、いかにも羞じらうように上気した顔を横にそむけた。しかし、そんな羞じらいの仕草とは裏腹に、白くむっちりとした太腿を震わせ、腰をなまめかしくくねらせた。

「ママのきれいなヌードが見たい」

「ああーん、優香」

　優香は、母の乱れた帯を解き、着物の前をぐいっとはだけた。

　志帆の白い肌がまばゆく晒される。娘の手によって着物と長襦袢が脱がされ、志帆はたちまちのうちに素裸に剝かれてしまった。志帆の体を覆っているものは両足の白い足袋だけである。それだけが生け花の師範代としての志帆の気品をわずかにとどめていた。

「きれいよ、ママのヌード。うらやましい……」

優香は母のしっとりとした白い肌にほれぼれとみとれて言った。

「ママなんて、もう……おばあちゃんよ」

志帆はいかにも恥ずかしそうに、張りのある乳房を両手で覆った。白い頬がほんのりと上気している。

「そんなことないわ、ママ。ママはまだまだ若いんだもの。うふっ、こんなに濡らしちゃって……いやらしいママ」

優香は、志帆の恥丘に端正に生えそろった淡い草むらの翳りを弄ぶように撫でながら、しとどに潤った淫裂をじっくりと観察していた。そして、人差し指と中指とで、志帆の二枚の花びらを押し広げて、その亀裂に指をぐいっと突き入れた。

「ああーん、い、いや！　優香。やめて……」

志帆は、華奢な上体を左右にくねらせて、はしたなく叫んだ。

「いやなことなんて、ママ。クリトリスをこんなに固く尖らせて……ママのは大きい、感じやすそうなクリトリス……」

充血した志帆の小さな肉の突起が、薄い包皮を突き破って、その淫らな顔を覗かせている。

「こうやっておま×こをかき回されて、クリトリスをいじって欲しいんでしょ、ママ」

優香は、淫裂に突き入れた指で、母の蜜壷をぐりぐりと激しくかき回した。そして、もう一方の手で、固くしこった志帆の木の芽をつまむようにしていじった。

「ああ、あうーっ、い、いやーっ……!」

志帆は、喉を引き絞るような声で叫び、腰をくねらせた。しかし、言葉とは裏腹に、志帆の表情は恍惚感に満ちあふれているように見えた。

「とってもきれいよ、ママの体。なめらかで、しっとりと潤ってる。ママを一人で放っておくなんてかわいそう。ママ、もっと感じて!」

優香はそう言って、母の淫裂に差し入れた指を激しく動かし、さらに蜜壷を荒々しくかき回した。

娘の指がその部分をこね回す度に、母の完熟した淫肉はピチャ、ピチャといやらしい音をたてた。ねっとりとした花蜜が淫裂からあふれ出て、会陰部を濡らし、畳に滴り落ちる。

「ああ、あうーっ、ああーん……！」

志帆の白い額がほのかに紅に染まり始めていた。額にかかったほつれ毛が、円熟した女の色気をいっそう際立たせる。

「いやらしいママ。こんなに汁を出しちゃって、ほら」

優香は、淫猥な肉の亀裂から指を抜き取り、志帆の顔にこれ見よがしにその指を近づけた。たしかに優香の指先には、ねっとりとした志帆の欲望の淫液がまとわりついていた。

「ああ、いや、恥ずかしい……優香」

「感じやすい体ね、ママ。ママのおま×こ、ヒクヒクとして涎を垂らしてる。素敵よ、ママ……」

「ゆ、優香。ママだけ裸なんていや。優香も脱いで」

「わかったわ、ママ」

美しいピンク色に剝けきったクリトリスを指の腹の部分で弄びながら、優香も服を脱ぎ始めた。濃紺のタイトミニのスカートをはずし、白いセーターを頭から抜き取った。シルク地のキャミソールの肩紐をずらして、背中に両手を回し、ベージュのブラジャーのホックをはずした。

肌色のパンティストッキングをスルスルと引き下げ、足首から取り去る。

「優香、パンティも取るのよ。さあ、早く」

「わかってるわよ、ママ。ああ、寒いわ。早くママの体と抱き合いたい」

淡いピンクのフリルをあしらったストレッチレースのパンティ。

優香は、ヒップを畳から少し浮かせて、その悩ましい薄布をしなやかな美脚からすべるように引き降ろしていった。キャミソール一枚のセミヌードになる。

母の志帆に似て、白く、きめのこまやかな肌だ。母よりは少し濃いめのアンダーヘアが露出する。

「ママだけヌードじゃ不公平だものね。ママ、これが欲しかったの？」

優香の手には、どこから出してきたのか、黒光りするたくましい男性器を模造した極太のバイブが握りしめられていた。

「ああーん、優香。そ、それ――」

いかにも「欲しい！」と言わんばかりに、志帆は優香の手にしたバイブを悩ましい目つきで見つめた。

見事にカリの張った、たくましい模造ペニスだ。それは、はちきれんばかりに膨らみ、天に向かって雄々しく反り返っていた。その青筋の浮き出た怒張に、優香は志帆の手を強引に導き、握らせた。

「ママ、すごいでしょ。男のおち×ちんなんて目じゃないわよ」

「ああ、い、いや……でも、す、すごいわ」

白魚のような志帆の手が、グロテスクな怒張を握りしめる。その手はかすかに震えていた。

「どう？　ママ。これをママの中に入れてあげようか。咥えたくって仕方がないんでしょ、ママ」

淫猥な女性器の俗称を口にして、優香は母の羞じらう様子を存分に楽しんでいるかのようであった。

「そ、そんな……ああ」

すすり泣くような志帆のか細い声だ。だが、その声は悩ましく、そして喜悦にむせっていた。

志帆の磨かれた白い裸身が、ほのかに美しい紅色に染まってきた。

こ、これは……どういうことなんだ！

襖のわずかな隙間から、息を押し殺して、母娘の信じられない痴態を覗き見していた克樹は頭が変になってしまいそうだった。

女の裸体すら見たことのない克樹である。いくら思春期の少年とはいえ、克樹にとって、それはあまりにも刺激的すぎる光景であった。

気品のある、やさしく美しい母の面影を、この志帆にも求めていた克樹であったが、少年の目の前に、志帆は裸身を晒し、あられもなく乱れている。克樹の想像していたイメージは無残に打ち砕かれていった。

ああ、こ、こんなこと……！

克樹は息をつめて、志帆と優香との狂態を眺め続けた。

そして、志帆と優香のまばゆいばかりの裸身を目の当たりにして、いつしか異常なほどの興奮に襲われ始めていた。

生まれて初めてはっきりと見た女の股間の翳り、その奥にパックリと大きく口を開けたやわらかそうな肉の花びら。じゅくじゅくとあふれ出る蜜液……。淫らな二匹の女獣に変身してしまった女たちの悩ましい肉体。

克樹の体はこわばり、足の震えがどうにも止まらなかった。今すぐにでも、この場から走って逃げたい！　しかし、足がすくんでしまって、まるで金縛りにでも遭ったように、その場から立ち去ることができなかった。

「ママ。たくましいおち×ちんをしゃぶってみる？」

優香は、これ見よがしに、志帆の顔の前に永遠に萎えることのない肉棒を近づけていった。てらてらと黒光りするたくましいペニスが、志帆の目の前で猛り狂っている。

「そ、そんな……優香。ああ、い、いや」

志帆は思わず顔をそむけ、羞じらいの仕草を見せた。

「いやなことなんてないはずよ。ママの欲しがっていたおち×ちん。さあ、咥えさせてあげるわ、ママ。お味をじっくりと賞味して」

「ああーん、意地悪ね、優香は……」

「本物でなくってごめんなさい、ママ」

「い、いや、だめ……！　そんなこと……恥ずかしいわ」

「恥ずかしいなんて、ママの嘘つき」

優香は、畳の上に横たわっている志帆の体に自らの裸体をゆっくりと重ね合わせた。そして、強引に志帆の閉じ合わせている色っぽい唇に青筋の浮き出ている怒張を当てがった。

「ううっ、ううーっ……」

志帆の美しい顔が歪んだ。

しかし、それを拒絶することなく、志帆はバイブに軽く頬ずりを繰り返し始めた。そして、大きくエラの張った先端になまめかしい舌をチロチロと這わせ、裏筋をいとおしむように舐めあげ、模造の肉塊を頬ばった。

ああ、きれいなおばさまが、こ、こんなことをするなんて……！

克樹にとって、それは到底信じがたい志帆の行為であった。おしとやかでやさしい志帆のイメージがガラガラと音を立てて崩れていった。

あんなに醜悪なものを口に頬ばるなんて……克樹は思わず目をそむけたくなった。

「ママ……とっても上手よ。なんだか私まで感じてきちゃった」

優香は、母の豊かなバストに頬ずりを繰り返した。そして、志帆の固くしこった濃い桜桃色の乳首を口に含んだ。

「ううっ、うぐっ、ううーん……」

志帆は、黒光りする怒張を右手でしっかりと握りしめながら、時折喉を詰まらせるかのように低い呻き声をたて、その肉棒を根元まで咥え、抽送を始めた。しかし、その表情は苦痛ではなく、むしろ恍惚感さえ浮かべていたのだ。

女の人同士が……あんなことをするなんて！

克樹には、男を形どったおぞましいバイブを咥えて、満面に喜悦の表情を浮かべている志帆の姿が、たまらなくみじめに思えた。だが一方で、克樹はどうしようもない興奮の高まりも覚えていた。バイブをおいしそうに頬ばっている志帆が、妖しく悩ましい生き物のように思えてきた。

ぼ、ぼくも……おばさまにあんなふうにしてもらいたい！　ああ、たまらない。

志帆の媚態を覗き見しながら、克樹のズボンの前はすでに大きくテントを張ってしまっていた。克樹にも、女が男を喜ばすためにするフェラチオの知識ぐらいは備わっていたのだ。

「ああ、ううーん、ママ。私にもちょうだい。も、もう……たまらない！」

優香は、美しく括れたウエストをくねらせ、志帆が咥えているバイブに舌を這わせた。

「ううっ、ううーん……」

母娘は、二人して模造の男性器に愛撫を加えた。

「おいしい？　ママ」

「ああーん、そ、そんなこと」

うっとりとした表情をして、志帆は羞じらうように言った。右手には、熱い唾液にてらてらと光っているたくましいバイブを握りしめたままである。

「ママ、これを早く咥えたいんでしょ」

「優香……ああ、欲しい」

「私にも後でちょうだい。じゃあ、先にママをイカせてあげる。ほーら、ママのおま×こからこんなにいやらしい涎が垂れてる」

「ああ、言わないで……優香」

優香は、志帆のほのかに紅を兆し始めた太腿を再びぐいっと割って、ぱっくりと口を開けている二枚の花びらの間に人差し指を挿入し、ぬめった花蜜をすくい取って、志帆の目の前にかざした。

「ママのおま×こって正直。固くて太いおち×ちんを欲しがって、ヒクヒクと疼《うず》いてる」

卑猥な言葉を吐きながら、娘は母の唾液で濡れ光った極太のバイブを、志帆のしとどに潤った柔肉の亀裂にそっと当てがった。

「ああっ、ああーん……！」

志帆は上体をのけ反らして、悲鳴にも近い喜悦の声をあげた。清楚な女性とは似ても似つかない、はしたないよがり声であった。

「ママのクリちゃん、とっても大きい。きれいに剝けて、美しいピンク色に充血してる。とってもいやらしくって、敏感そうなクリちゃん……」

母の充血した木の芽を、バイブの先端でツンツンとつつきながら、優香は蜜をしたたらせている深い肉の亀裂をじらすように何度もなぞった。

「ああ、あうーっ……！」

志帆の白い裸体が、まるで感電でもしたかのようにピクリと痙攣した。鳩尾《みぞおち》が波打ち、形のいい乳房が震えた。喉を伸ばして声を洩らし、括《くび》れたウエストを悩ましくくねらせた。

「感じやすいのね、ママ。ママに男なしで過ごさせるなんて、とっても残酷。私でもうらやましいぐらいママは美しい。……それにこんなに感度の抜群なボディを持ってるんだもの」

優香は、すぐには母の中にバイブを挿入しようとはしなかった。尖ったクリトリスや淫裂の肉襞をバイブの先でなぞり、つつき、弄びながら、志帆のあえぐ表情をさも楽しげに観察している様子であった。

「あぁーん、そ、そんなこと……優香。い、いや！」

志帆はまろやかなヒップをくねらせ、さもバイブの挿入を待ち焦がれてでもいるかのように、なまめかしい声を発した。

「どうしたの、ママ。そんなに欲しい？」

「そ、そんな……優香の意地悪」

「ママ、はっきり言って。おち×ちんが欲しいって」

「ほ、欲しいわ。早く、おち×ちんをちょうだい！」

「あげるわ、ママ」

優香は、怒張を志帆の淫裂に当てがったまま、指先で充血したクリトリスをぐりぐりとつまんで弄んだ。

「ああっ、そ、そこ……あうっ、ああーん！」

志帆のあえぎ声がひときわ高く、なまめかしく部屋に響いた。そして、大きく割られた太腿をブルブルと小刻みに震わせ、たまらないという表情で眉間に皺を寄せた。後ろにきちんと束ねていた、つややかな黒髪が乱れ、志帆の白い額にかかった。

「うふっ、ママったら、すごい感じようね。いやらしいお露があふれてる」

優香はバイブをこね回すようにして、志帆の淫裂から会陰部、そしてすぼまった菊蕾にかけて何度もこすりつけながら、自らの乳房を母の乳房に重ね合わせた。

「お、おち×ちんをちょうだい！　優香。も、もう、ママ、だめーえ！」

志帆は真っ赤な紅を引いた唇を震わせて、そう叫んだ。

「も、もう、じらさないで……早く、ちょうだい！」

志帆は、そのなよやかな腰を激しくくねらせて叫んだ。

「どこに欲しいの？　ママ」

「お、おま×こ……に！」

喉の奥から引き絞り出すような声で、志帆は卑猥な言葉を口走った。

「ママって、本当はすごく淫乱な女なんだ」

「よして！　優香、そんなふうに言うのは。それよりも、早く、早くおち×ちんを……ちょうだい！」

「あげるわ、ママ。ああ、いやらしいママのおま×こが涎を垂らして、おち×ちんを欲しがってる」

そう言うと、優香はバイブを握りしめた手にぐいっと力を集中させた。そして、じゅくじゅくと花蜜のあふれ滴っている母の淫裂に当てがっていた怒張を、一気に秘孔の奥まで突き入れた。

「ああっ、あはーん……！」

志帆は、しなやかな、完熟した体を大きくのけ反らせて、悩ましいよがり声を発した。ふくよかな乳房が激しく左右に揺れる。唇を半開きにして、目を閉じたままで、志帆は恍惚とした表情をあらわにした。

「ああ、ママの、よく締まってる……」

優香は、猛々しいバイブの肉柱を志帆の潤った花園に根元まで埋め込み、その感触を確かめていた。

「ああ、いい、いいわ。う、動かして！　優香」

志帆は、自らの淫裂にバイブを深々と咥え込んで、そうせがんだ。

「す、すごい！　バイブに吸い付いてくるみたい……いいわ、ママをもっと気持ちよくしてあげるわ」

そう言うと、優香はバイブのスイッチをＯＮにした。

ブーン、ブルルーン……。

志帆の膣壁を抉るように、鈍いバイブの顫音が響いた。

「ああっ、あうーっ、いい、いいわ！　あはーん……！」

美しい小鳥の囀りのように、志帆の甲高い声が狂おしく天井を突いた。

「ママ、気持ちいい？」

「ああ、ああーん、中でくねってる……ああーっ、ううーっ！」

志帆は髪を振り乱し、白い眉間の皺をさらに寄せながらあえいだ。

お、おばさま、ああ、おばさま……！

克樹は、志帆のはしたないよがり声を聞きながら、いつしかズボンの前を大きく膨らませてしまっていた。おしとやかで清楚な女性だとばかり想像していた志帆が、あんなにあられもない声をたてるなんて……バイブを咥え込んで身悶える志帆の白い裸体が、克樹の眼にはあまりにもまばゆく淫靡で、そして神々しいばかりに映った。

「ああ、優香。ううっ、ううーん……あふっ、ああーん！」

「ママ、私もおち×ちんが欲しくなってきちゃった」

優香は上気した顔で、母の淫らな花園を蹂躙しているバイブを眺めながら、自らの張りのある、みずみずしい乳房に手を当てがって、ゆっくりと揉みしだき始めた。

「いい、いいわ……ああ、ああーん！」

志帆の悩ましい声のトーンが一段と高まってきた。畳に爪をたてながら、激しく腰をくねらせ、気でもふれてしまったかのように悶え続けた。

「ママ……！」

「ああ、優香……！」

畳の上にのけ反り、よがり狂っている志帆を優香は抱き上げた。そして、お互いの体をピッタリと密着させて、やわらかな唇と唇とを触れ合わせた。

「ママのオッパイ、とっても弾力感があって素敵……」

「あはーん、優香、ふ、二人で愛し合いましょう」

優香は、母の淫裂深くまで埋没していたバイブを静かに引き抜いた。母の淫らな蜜で濡れ光ったバイブが、ブルーン、ブルルーンと唸りをあげて、畳の上で淫靡にくねっている。

「ああーん、優香」

もう少しでイキそうだったのに、娘にバイブを引き抜かれて、志帆はうらめしそうな目をして優香の顔を見た。

「だめよ、ママだけイッちゃうなんて。ママと私といっしょにイカなくっちゃ」

「わ、わかったわ、優香」

母娘は、白い裸体を重ね合わせた。そして、お互いの乳房と乳房とをこすった。

美しくくびれたウエストを妖しくくねらせ、快感を高めあっていく。

「ううーっ……」

「ううっ、ううーん……」

赤い舌と舌とが絡み合う。そして、女同士のディープキスを交わす。しばらく母娘はしっかりと抱き合ったまま、交互に甘い唾液をすすった。

「優香、今度はママが優香をたっぷりと感じさせてあげるわ」

娘の唇を貪り尽くした志帆は、恍惚感に満ち足りた表情をして、優香の耳元でそうささやきかけた。

「うん、ママ……」

目を閉じたままで、優香は畳の上に仰向けに横たわった。そして、膝を立て、ほどよく脂の乗り切った太腿を大きく開いた。

母よりは少し濃いめのヘアが股間でかすかに顫えている。その奥に、鮮やかなサーモンピンクに肉の亀裂がパックリと口を開き、淫靡な涎をしたたらせていた。

「優香だって、もう……こんなに、ほら」

志帆は、しなやかな人差し指と中指とを娘の柔肉の狭間に差し入れ、ねっとりと糸を引いた欲望の液体を掬い取って、優香の目の前に近づけた。

「いやっ、ママ。見たくない……恥ずかしい」

優香は目を開け、母の指にねっとりと絡みついた液体から目をそむけた。

「ほほほ、優香もいやらしい子……さあ、優香の淫乱なおま×こを感じさせてあげる」

そう言うと、志帆は畳に横たわっている優香の顔を跨いだ。シックスナインの体位をとった。優香の顔に、志帆の秘孔からあふれ出た蜜が糸を引いて垂れた。

「いやーん、ママのおま×こからお汁が垂れてる」

「優香、ママ、そんなにいやらしいかしら?」

白く豊満なヒップをくねらせながら、志帆は蜜がとめどなくあふれ出ている淫肉を優香の目の前に晒した。しかし、さっきまでの羞じらいの仕草はすっかり失せてしまっている。

「ああーっ！　ママ……！」

優香は両膝をブルッと震わせた。

志帆の乱れた黒髪が優香の股間に沈んだ。と同時に、志帆は優香の口に自らの淫裂を押しつけた。ピチャ、ピチャといやらしい音をたてながら、娘の肉をていねいに舐め、そしてすすった。

「ううーっ、ううーん……」

優香も、促されるがままに、極太のバイブをついさっきまで咥えていた母の淫肉に舌を這わせた。

「ううっ、ううーっ……ううーん！」

二匹の牝は、まるで狂った獣のように、互いの肉を貪り合った。志帆のヒップが揺れ、そして時折ブルッと震えた。

ああ、こ、こんなこと……！

母娘の、この世のものとも思えぬ痴態を覗き見て、克樹は頭がくらくらとした。生まれて初めて目の当たりにする、光景だ。しかし、「見てはいけない！」という罪悪感の一方で、克樹の下半身は激しく疼き、これまでに感じたことのない性的衝動に打ちひしがれていくのであった。

しばらくの間、女同士のシックスナインが続いた。優香の太腿が快感のうねりに合わせるかのように、ピクリ、ピクリと小刻みに痙攣を繰り返す。志帆のヒップが美しい紅を帯び始める。時折、優香の股間から顔をあげて、はしたないよがり声を上げ、身をのけ反らした。

「あはーん、優香。ママのおま×こをぐちゃぐちゃにして！　そ、そうよ。クリトリスも吸って……いい、いいわ、ああーん」

「ママ、ああっ、感じるわ！　もっと、もっと強く！　おま×こを舐めて……あはーん。も、もうイッちゃいそう――」

「まだよ、まだイッちゃだめ。優香、イク時はいっしょよ」

志帆はおおいかぶさっていた優香の体から、自らの体を離した。そして、添い寝でもするかのように、優香の横に寝た。

「きれいね、優香の体。やっぱり若いだけあって、お肌がピチピチしてる……うらやましいわ。ママなんて、優香から見ればどうあがいたって……」

「そんなことないわ。ママの体とってもきれい。お肌のきめも細かいし……しっとりとしてる」

お互いの性器を堪能した母娘は、体を密着させ、互いにふくよかな乳房をやんわりと揉み合った。

「ママ、私も……おち×ちんが欲しくなっちゃった」

まるで少女が母親におねだりするかのように、優香は志帆の耳元に甘くささやきかけた。

「そうねえ、ママだけおち×ちんを食べるっていうのも不公平。わかったわ、優香。おち×ちんを……あげる」

志帆はゆっくりと起き上がって、部屋の隅の和箪笥の引き出しの奥から、今度は象牙色をした太い棒のようなものを取り出してきた。

「ああっ、ママ、そ、それ……！」

優香は、母の手にしっかりと握りしめられた異物を見上げた。

「ほほほ、ママと優香が同時に楽しめる素敵なおち×ちんよ」

「ママ……」

優香の顔がほんのりと紅を帯びた。

志帆の手に握りしめられていたのは双頭のディルドオであった。レズビアンの女と女とが同時に繋がることができるディルドオ。

襖の隙間から母娘の痴態を覗き見ていた克樹は、生まれて初めて目の当たりにするおぞましい器物に、体の芯がわなわなと震えた。

こ、こんなものがあるなんて……！

とても信じられない光景であった。

「優香、どうかしら？　これ」

「うわーっ、ママ。すごい」

「二人で繋がる前に、もっとお互い気持ちよくなりましょう。さあ優香、お股を開いて」

「わかったわ、ママ」

優香は自らの淫蜜と志帆の唾液とでぬめりきった秘肉をあらわにした。

「クリちゃんが真っ赤に充血してるわ。優香のおま×こも、とっても可愛い」

「ママ、そんなに見つめないで。恥ずかしい……」

志帆は、大きく開かれた優香の太腿を両手で持ち上げ、優香の股間に自らの太腿を差し挟んだ。二人の脚が絡み合い、秘肉と秘肉とがピッタリと密着する。

「ああーん、ママ」

「優香、ママのおま×こ、どう?」

志帆は、優香の秘唇を自らの秘唇でこすりながら言った。

「ママ、ああ、ママの……熱っくって、ヌルヌルしてる。ああーん、とっても気持ちいい」

優香は、太腿をわなわなと震わせ、上体を大きく後ろにのけ反らせた。

「いいでしょ、ママのおま×こ。さあ、クリちゃんとクリちゃんとでたっぷりと愛し合いましょう」

「いい、いいわ、ママ！　感じちゃう」

　母と娘はお互いの淫らに火照りきった花びらを重ね合わせ、激しく摩擦させた。淫肉と淫肉とがこすれ合う度に、ピチャ、ピチャといやらしい音がする。

「あはーん、いい、いいわ！　ママ、もっと、もっと……強くして」

「ママも感じちゃうわ。ああっ、ああーん、優香」

　わずかに紅潮し始めた母娘のなめらかな太腿が激しくもつれ、淫らにくねる。次第にあえぎ声のトーンが高まっていく。

「あふっ、ママ、も、もう、イッちゃいそう！」

「ああっ、ああーっ、ママもよ」

「お、おま×こが……とろけてしまいそう。ママ、ああ、ママ！」

「ゆ、優香、まだよ、まだイッちゃだめ！」

　志帆は狂おしくあえぎながら、手に握りしめていた双頭のディルドオの一方の先端を優香の口元に近づけた。

「優香、これがママと優香を気持ちよくさせてくれるおち×ちんよ。さあ、いっしょに舐めましょう」

「わ、わかったわ、ママ」

優香は、男性器の亀頭の部分を模造しているディルドオを両手に握りしめて、いとおしむようにチロチロと舌で舐めまわした。そして、口いっぱいに頰ばった。

「ううっ、ううーん……」

「しっかりと濡らしておくのよ、優香。ママもおち×ちんが欲しい！」

志帆もなまめかしい唇で、おぞましいディルドオのエラの張った先端に軽くキスを繰り返した。舌先でじっくりと舐め、一気に極太のディルドオを頰ばる。

「うう、ううーっ……」

まるで母と娘は、本物のペニスにフェラチオをするように、激しく髪を振り乱し、唾液を滴《したた》らして抽送を始めた。怒り狂ったように反り返っているディルドオは母娘の貪欲な性を満たすためのご神体であった。

「優香、さあ、おち×ちんをおま×こに咥えるのよ！」

志帆は、口から吐き出したディルドオの先端を自らのいやらしい涎を流している花びらの亀裂にそっと当てがった。

「ああ、ママ。ちょうだい！」

「ママからよ、ママが先に入れるわ」

志帆は、濡れ光った淫裂に当てがったディルドオをゆっくりと自分の膣に挿入していった。二枚のサーモンピンクの花びらが押し広げられ、その猛り狂った怒張は志帆の中にズブズブと音をたてながら埋没した。

「ああっ、あはーん……！」

志帆は激しくヒップを揺すり、腰をくねらせた。喉を伸ばし、頭を左右に振った。

「ママ、ちょうだい！　早く」

「あげるわ、優香。ママのおち×ちんを……ああっ、ああーん」

志帆は太腿をわなわなと震わせながら、ディルドオのもう一方の先端を優香のぬめりきった秘唇に当てた。ディルドオを咥え込んでしまった志帆は、さながらペニスを持った貪欲な女神のようであった。

「ああっ、あうーっ……！」

優香が、けたたましいあえぎ声をあげた。ストレートロングのつややかな髪の毛が激しく乱れた。赤い唇を半開きにして、恍惚とした表情を満面に浮かべた。

志帆は腰をぐいっと優香の方に引き寄せた。ディルドオの先端が優香の秘唇を押し開き、柔肉の合わせ目に沈んでいった。

「ああ、いい、いいわ！　ママ」

「こ、これで優香とママは一つに繋がったのよ。ああ、ああーん！」

母娘のあられもなく開脚された股間が、一本の太い棒によって繋がっている。二人の白い太腿がピクリ、ピクリと小刻みに痙攣を繰り返す。

志帆と優香は、白い裸身を悩ましく波打たせながら、激しく頭を振った。張りのある二人の乳房が揺らめき、乱れた黒髪が額にかかった。

そして、母娘は自らの手で乳房を荒々しく揉みしだき始めた。白い裸身がほんのりと紅色に変わりつつある。その美しい母娘の乱れる姿が、克樹の眼にはたまらなく悩ましいものに映った。

ああ、おばさま！　なんてきれいなんだ……！

とりわけ克樹は、母の志帆の完熟した裸体に心を奪われてしまった。優香のような若々しさはないが、やわらかそうで磨かれた肌と、まろやかなヒップが大人の女の悩ましい色気を醸し出していた。

克樹は、大きくテントを張ったズボンの前を思わず手でまさぐっていた。女を知らない克樹にとって、生まれて初めて目にする母と娘の倒錯したレズビアンの光景――克樹の下半身に、痺れるような興奮が走った。

ぼ、ぼくも……おばさまと……あんなふうにしたい！

克樹はズボンのジッパーを引き降ろした。そして、ブリーフの合わせ目から初々しく勃起した包茎のペニスをつまみ出した。オナニーしか知らない思春期の少年にとって、母娘のよがり狂う痴態は、激しい性的衝動をもたらさずにはおれなかったのである。

「あうーっ、ああーん。も、もう、だめ……イッちゃいそう！　ああーん、あうーっ」

優香は、まるで嫌々でもするかのように頭を左右に振り続けて、口を半開きにしてあえいだ。それは、女の絶頂へと確実に昇りつめていく恍惚感に満たされている顔であった。

「ああ、ママ、イキそう、イッちゃいそう！」

「ああ、おま×こが……とろけてしまいそう！」

「イク！　イッちゃう！　ああっ、ああーん……！」

二人は、完全に倒錯した性に狂った牝豹と化してしまっていた。

優香は、引き締まったウエストを悩ましくくねらせながら、「ママ、ママ……！」と、うわ言のように口走り続けた。

「あうーっ、あうーん、イク、イクーっ、ああーん……！」

志帆は乳房を大きく波打たせ、上体を激しくくねらせて、ひときわ甲高い声であえいだ。

よがり声が、けたたましい叫び声へとすり変わっていった。

「イク！　イッちゃう……　ああーっ！」

「イッてーえ！　優香。あうーっ、ああーん……！」

志帆の太腿がわなわなと痙攣した。優香の裸身が、大きくのけ反った。

「ああっ……！」

「あはーっ……ああーん！」

母娘の息が乱れ、乳房が震え、鳩尾のあたりが激しく上下動し続けている。

恍惚感に酔い痴れた母娘の美しい顔。

ああ、おばさま……！

その志帆の満ち足りた顔を覗き見ながら、克樹もほとんど二人と同時に若々しい精を撒き散らしてしまったのである。

克樹は、美しい母と娘とのその淫蕩で獣じみた痴態に心の奥まで翻弄されてしまった。

とても信じられなかった。

あの時、父から写真を見せてもらい、思い描いていた志帆に対する清楚で、やさしいイメージが、すでにこなごなに砕け散っていった。

しかし、克樹はそんな志帆の存在を決しておぞましく不潔なものとは思わなかった。むしろ、自分自身でもわからないままに、志帆という女性にひどく魅せられていったのであった。

ぼ、ぼくも、おばさまと……したい！

第二章　保健室の同級生

体温計の目盛を見ながら、志帆はほっとした表情を浮かべた。

「お熱も下がったようね。よかった……」

「もう大丈夫です、おばさま。ご心配をおかけしました」

ベッドに寝たままで、克樹は志帆の顔を見上げて、いかにも申し訳ないという様子で言った。

「無理しちゃだめよ。大事な時期なんだから。もう一日寝ていればきっとよくなるからね」

「ぼく、もう起きても大丈夫です」

「だめよ、まだ」

起きようとする克樹の肩をやさしく抱いて、志帆は制した。

あまりにも思いがけない環境の変化と、梅津家にやってきた緊張感とで、克樹は高熱をともなった風邪に襲われてしまった。

克樹はろくろく梅津家の住人に挨拶をする間もなく、二階の一室に臥《ふ》せってしまったのである。その部屋は克樹のために当てがわれた、日当たりのいい場所であった。

そんな克樹の面倒をみてくれたのは志帆であった。志帆のやさしい心配りに、克樹は母の匂いを感じた。母性というものに初めて触れた気がした。

志帆ばかりではない。梅津家の姉妹、優香と麻理も克樹を快く迎えてくれた。

「克樹君、具合はどう？　急に環境が変わったんで、きっと体調を崩したのよ。でも、この家では何も気を遣うことなんてないわよ」

姉の優香は、出勤前に克樹の部屋を覗き、明るい笑顔で声をかけてくれた。

優香は地元の建設会社に務めるＯＬ。年は二十代の半ばを越えているようだ。志帆の話によれば社長秘書をしているらしい。ストレートロングの黒髪から甘いシャンプーの香りが漂ってくる。母の志帆そっくりの切れ長の美しく澄んだ瞳。スレンダーな体軀ながら、バストはほどよく盛り上がり、タイトスカートにくるまれたヒップラインは、克樹を魅了せずにはおれなかった。こんな美人の姉がいればどんなに素敵なことか、と克樹は思った。

妹の麻理も、克樹に対しては決してよそよそしい態度はとらずに、気さくに話しかけてくれた。

麻理は克樹と同じ年の高校三年生。姉の優香とはちがって、黒く大きな瞳を明るく輝かせていた。髪の毛はショートカット。キュートでボーイッシュな雰囲気をもった、快活そうな少女である。濃紺の襞スカートからスラリと伸びた素足は、母の志帆に似てなかなかの美脚だ。

「克樹君。転校の手続きはママと私とでしておいたわ。克樹君、私と同じクラスですって。克樹君はお勉強がとってもよくできるそうね。ママから聞いちゃった。よかった、これから克樹君にお勉強のことをいろいろと教えてもらえるわ」

麻理は、克樹のベッドの脇に腰を降ろし、にこやかにほほ笑んで言った。白い太腿が克樹の目の前に露出するのも一向に気にしていない素振りであった。

どこか小悪魔的なイメージを麻理は持っていた。しかし、克樹を邪魔者扱いしないことに、むしろ克樹は好感を得た。

自分が梅津家には決して歓迎されない人間であると、負い目を感じてやって来た克樹であったが、志帆と娘たちはそんな素振りを見せることはなく、家族の一員のように接してくれたのである。それが克樹にはとてもありがたかった。

志帆は克樹のベッドの傍らに立ってやさしくほほ笑んでいた。

今日は膝丈の黒いタイトスカート姿であった。

シルク地のブラウスの上から、厚手の赤いカーディガンを羽織っている。和服姿の志帆も美しいと思ったが、普段の洋服姿の志帆もなかなかに色っぽい。髪の毛をストレートに梳き、前髪を少しだけ白い額に垂らしている。

切れ長の美しい瞳を輝かせて、志帆は克樹の顔を覗き込んだ。長い睫と気品のある紅を引いた唇が、完熟した色気を匂いたたせていた。

もともと年のわりには体の線が崩れていないからであろう。全体に華奢だが、バストはほどよい膨らみを保ち、ウエストの括れとまろやかで肉感的なヒップにかけての湾曲は、和服よりも洋服の時の方がめだつ。

色白で、きめの細かい、滑らかな肌だ。それに、白魚のような細くて美しい手をしている。おしとやかで、気品があり、美貌に満ちあふれた志帆――。

克樹は、思わず襖の隙間から覗き見た志帆のまばゆいばかりの裸身を思い起こしていた。

「どうかしたの？　克樹君」

「えっ、なんでも……」

克樹は我に返って、あわてて否定した。

「そう、何か困ったことでもあれば私におっしゃってね。克樹君は、お父様からお預かりした大切なおぼっちゃまですもの」

志帆の口元にわずかに笑みが浮かんだ。

「は、はい、おばさま……」

克樹は素直に頷いた。

あの時、志帆と優香の秘密を盗み見たことなど、とても口に出しては言えなかった。あれは夢だったんだ、と自らに言い聞かせた。

「私、とっても克樹君のことが心配なのよ。男の子のことって、私たちのように女ばかりの家で暮らしている者にはわからないから。なんでも私に話してちょうだい」

「はい、おばさま」

志帆は克樹の額に手を当て、もう一度熱のないことを確かめた。

「おとなしく寝てればよくなるわ。あまり受験勉強で無理しちゃだめよ」

「ありがとうございます……」

志帆は少し安心したような顔つきで、克樹の部屋から出ていった。

克樹は、志帆の後ろ姿をベッドで寝ながら見送った。

タイトスカートにくるまれているまろやかなヒップが何とも悩ましく克樹の目には映った。肌色のストッキングにガードされているふくら脛としなやかな美脚がまばゆかった。

ああ、おばさま……とってもきれいだ！

克樹はその瞬間、部屋を出て行く志帆の後ろ姿に、たまらない性的衝動を催したのであった。

あの志帆の白く美しい裸身が、どうしても脳裡にくっきりとこびりついて離れようとはしない。清楚で気品があり、おしとやかとばかり想像していた志帆が、喜悦のよがり声をあげ、狂った獣のように身悶える姿が忘れられなかった。

ああ、おばさまと優香さんは、またあんなことをするのだろうか……？

そう思っただけで、克樹の下半身に欲望の血が集まり始めた。

ぼくも、おばさまと……したい！

克樹の脳裡に淫らな妄想が渦巻いた。童貞の克樹にとって、その妄想は性的刺激を求めずにはおられなかった。ペニスが痛いほどに勃起する。

いった。

も、もう、たまらない！

克樹は志帆のまばゆい裸体を脳裡に描きながら、激しい自慰行為に導かれていった。

都会の名門進学校から、地方の県立高校への転校は、克樹にとってこれまでの緊張の糸がプッツリと切れてしまったかのような落差を感じさせずにはおれなかった。

授業も退屈きわまりないものであった。すでに教わったことばかりである。それもほんの基礎程度の内容で、これでは一流大学への現役合格など望むべくもなかった。

克樹は少しあせっていた。苛立っていた。父の苦労を思うと、もう居ても立ってもいられなかった。

父のためにも、そして面倒を見てもらっている梅津家の志帆のためにも、どうしてもT大学に現役合格しなければならない！

克樹は自らにそう言い聞かせた。しかし、周囲の環境は受験の緊張感はおろか、真剣に授業を聞く生徒も少なかったのである。克樹の心の中で、都会の気ぜわしい時間の感覚が次第に薄れていき、のんびりとした田舎の時間に同調していく自分をどうすることもできなかった。

もう一つ、克樹が勉強に集中できない理由があった。異性に対する興味である。これまでの克樹は男子校であったため、必然的に同年代の女生徒と触れ合う機会はめったになかった。思春期真っ只中の少年たちにとって、それはむしろ残酷なことかもしれないが、その分あり余ったエネルギーを勉強に注ぐしかなかった。受験戦争とは概してそういうものである。

しかし、転校して来た県立高校は男女共学である。教室の雰囲気は、重苦しい大学受験という難題から解き放たれたように明るく、そして和やかである。女生徒たちの嬌声が、むしろ克樹にとっては心の慰めとなった。

麻理が同じクラスにいる。麻理は快活で屈託のない性格そのままに、クラスのムードメーカー的存在でもあった。

黒く大きな瞳を輝かせて、男子生徒の中に臆することなく入っていき、にこやかな笑みを絶やさずに会話を楽しんでいる。

どこかあどけなさを残した、それでいて大人びたところを同時に持ち合わせている麻理は、けっこうクラスの人気者であった。小悪魔的な可憐さを、キュートな体から放っている麻理に魅了されてしまった男子生徒たちも数多くいるらしかった。

都会育ちで優秀な克樹に、嫉妬と対抗心を剝き出しにして接してきたのは、クラスで一番の成績を誇っていた近藤《こんどう》裕輔であった。

裕輔はいかにも秀才といった感じの、どこか青白い表情をした少年であった。目鼻立ちがスキッとしており、色白で、瞳も大きく、なかなかにハンサムな裕輔は、クラスの女生徒たちの憧れの的でもあった。

そこに、裕輔よりも聡明で凜々しい美少年、克樹がやってきたのだ。当然のことながら、女生徒たちの熱い眼差しが、克樹の方に向くようになってきた。都会育ちの秀才に対して憧れを持つのも、自然な成り行きと言うべきか。

裕輔は、克樹の行動を冷ややかな目で監視していた。克樹も裕輔の行動がどうも気にかかって仕方がなかった。克樹の方は裕輔をとりたててライバル視しているわけではなかったのだが、裕輔の方は敵対心をもって克樹を強く意識している様子であった。

克樹が転校して来て、半月ばかり過ぎた日のことであった。

授業が終わった放課後。はや師走である。冷たい風が校庭の落葉したポプラの木々を揺らした。下校して行く生徒たちの足取りも心なしか速い。

克樹は図書館で調べ物をしていた。すでに空にはどんよりとした冬雲がたちこめ、夕暮れが迫っていた。図書館はしーんと静まり返っている。ほとんど生徒の姿はなかった。克樹は時間も気にせずに、書棚から取り出してきた参考書を熱心に読みふけっていた。

「おい、川村」

背後から克樹の肩をポーンと叩いた人物がいた。

「えっ?」

不意をつかれた克樹は、思わず振り返った。

「近藤! それに……」

克樹の机を取り囲むようにして、三人の男子生徒が立っていた。そのうちの一人が裕輔であった。

「どうかしたのかい?」

克樹はなぜ裕輔たちが自分の周りを取り囲んでいるのか、さっぱり見当もつかなかった。

「ふーん、物理の勉強かい。さすがT大を目指している人間はちがうな」

「そ、そんなことないよ」

「勉強ばかりしていちゃ、女の子に嫌われるぞ、川村」

裕輔は克樹から物理の参考書を取り上げ、荒っぽく床に投げつけた。

「な、何をするんだ！　近藤」

裕輔の態度にいささか立腹した克樹は、すくっと席から立ち上がった。そして、裕輔を睨んだ。

「ちょっと付き合ってくれよ、川村」

二人の男子生徒に克樹は腕をつかまれた。名前は知らないが、見るからに不良っぽく、髪の毛を茶髪に染めて、眉を剃っている。どうして裕輔がこんな不良たちと付き合っているのか、克樹には理解できなかった。

「い、嫌だよ。離せ！」

克樹は不良少年につかまれた腕を振りほどこうとした。

「いいから、おとなしく来な」

「離せよ！　おい、近藤」

ひ弱な都会の少年が抗える相手でもなかった。おまけに相手は三人である。克樹は強引に腕をつかまれたまま、裕輔の後についていくしかなかった。

三人は、暮色が迫る校庭を横切り、体育館の裏にある倉庫の前まで、嫌がる克樹を連行して行った。

これは「いじめ」だな……！

克樹はそう思った。たしかに克樹が通っていた都心の進学校にも、陰湿なかたちでのいじめはあった。しかし、こんなストレートな暴力的行為などはなかった。

克樹は不安にかられた。そして、かすかな恐怖におびえた。

「おい、川村。都会の学校から来て、少し勉強ができるくらいでデカイ面をするんじゃない！」

裕輔は克樹の肩を小突いて、そう罵った。裕輔の目は憎しみに燃え、顔は蒼白であった。

「や、やめろよ！　近藤」

倉庫の板塀まで突き飛ばされた克樹は、そう叫んだ。

「生意気なんだよな、てめえは……」

「先生にそんなにほめられたいのか！　秀才」

不良っぽい二人の少年が克樹の胸ぐらを交互につかみ、威嚇した。

「や、やめてくれ……！」

克樹はつかまれた胸の手をふりほどこうと激しく抵抗した。

しかし、二人がかりではなす術《すべ》もなかった。克樹は倉庫の板塀に押しつけられ、たちまち身動きを制せられてしまった。

「秀才のわりには案外と色男じゃないか、川村。女どもにちやほやされるのがそんなに楽しいのか！　どうなんだよ、川村」

裕輔は克樹の胸ぐらをつかんで、今にも殴りかからんばかりの勢いであった。

「裕輔、このスケベの秀才にヤキを入れてやろうじゃないか」

「へへへ、秀才でもち×ぽをおっ立てるかどうか、検査といこうか」

二人の不良少年は、克樹の体を両脇から拘束して、にやりと嘲るような笑みを浮かべた。

「それは面白い提案だな」

じっと腕組みをして、してやったりとばかりに裕輔はほくそ笑んだ。

「は、離せ！　離してくれ、近藤」

克樹は、これから三人に何をされるのかと思うと不安になって、なんとかこの場から逃れようと必死に抵抗を繰り返した。しかし、力の差は歴然としていた。

克樹はもはや囚われの身である。

「ふふ、それじゃスケベな秀才のち×ぽでも拝見といくか」

「おお、それがいい」

「面白いじゃないか。童貞の青臭いち×ぽを見るのも」

三人はさも嘲るように、不敵な笑みを洩らした。

「そ、そんな……！　や、やめろよ、もう」

「しっかりと押さえてろよ」

裕輔は、二人の不良少年にそう命じた。どうやら、裕輔がグループのボス的存在であるらしい。

「さあ、見てやろうじゃないか」

裕輔は、克樹の前に屈み込んだ。

「や、やめろよ！　近藤」

克樹は両足をバタつかせて必死で拒んだ。

「往生際の悪い奴だな」

「おとなしくしてろと言ってるだろ！」

男三人の目に恥ずかしいペニスを晒される——克樹はたまらなく屈辱を覚えた。

裕輔の手が克樹のベルトにかかった。ベルトを強引に緩め、ズボンを引き降ろす。克樹の白いブリーフが露出した。

克樹は体を激しくくねらせ、ブリーフを脱がされまいともがき続けた。しかし、二人の不良少年に両脇から力づくで押さえられていてはどうすることもできなかった。

裕輔は克樹のブリーフに両手をかけた。そして、ぐいっと一気に足首のあたりまで引き降ろしてしまった。

克樹のペニスが三人の目の前に晒された。

「おお、こいつ、皮かむりじゃないか」

「ゲヘへ、でも、スケベな秀才だけあって、けっこう大きいじゃないか」

「しかし、これじゃ女を悦ばすことは無理だよな、ははは……」

克樹の縮こまったペニスをしげしげと眺めながら、三人は嘲るかのようにゲラゲラと笑った。

「も、もう、やめてくれ！」

屈辱に打ちのめされて、克樹は叫んだ。声はいくぶん涙まじりに変わっていた。

「やっぱり都会の人間はだめだな。こいつ、女みたいに泣いてるぜ」

「おらおら、女に嫌われないように、ち×ぽを立てるんだよ」

裕輔は、拾った棒切れで、剝き出しの克樹のペニスを小突いた。

「離せ！　も、もう……離してくれ！」

恥ずかしいペニスを露出させられ、口々に嘲られる悔しさに、克樹は涙まじりに叫び続けた。しかし、裕輔はそんな克樹の様子をまるで楽しむかのように、克樹のペニスを嬲り、勝ち誇ったかのように、高らかに笑った。

「へへへ、俺たちの前では立てられないとでも言うのかよ」

「女じゃなくて悪かったな」

克樹は、裕輔と二人の不良のなすがままであった。この後、どんな仕打ちをされるのかと思うと、激しい屈辱がこみあげてきた。

その時であった。背後から鋭い声がした。甲高い声であった。

「裕輔、何やってるの！」

三人は驚いた表情で、声のする方を振り返った。

「麻理……」

裕輔は呟くように言った。二人の不良少年も黙って麻理を見た。

「麻理さん！」

克樹は思わずそう叫んだ。麻理がどうして……こんな場所に？

ますます克樹は不安になった。

麻理までがこのリンチの巻き添えになるのではないか！

そう思うと克樹は居ても立ってもいられなかった。

逃げるんだ！　麻理さん。

克樹は、自分のことを忘れてそう叫ぼうとした。

しかし、麻理はおじける素振りも見せずに、両腕を組み合わせて、毅然とした態度で裕輔たち三人を睨みすえていたのだ。黒く愛くるしい瞳が怒りに震えて輝いている。

麻理に睨みつけられ、これまで征服感を満喫していた裕輔の顔がみるみる青ざめてきた。そして、急におどおどとした態度に変わった。

「どうしたんだよ？　裕輔」

「麻理もまとめてヤッちゃおうか」

二人の不良少年は、ボスである裕輔の萎縮してしまった態度に業を煮やしたのか、麻理を見ながらそう扇動した。

麻理は制服姿。濃紺の襞スカートに白いソックス、白いブラウスの上に赤いジャケットを羽織っていた。細くしなやかな素足が、スカートの裾から覗いている。

「お、おい、待て！　やばいよ」

びくついて肩をすぼめている裕輔は、二人の不良少年を制して言った。

「どうしてだよ？　裕輔」

「何か麻理に弱みでも握られているのか！」

不服そうに二人は裕輔のおびえている姿を見て言った。

「と、とにかく、まずいんだ。おい、帰るぞ」

裕輔は二人を伴って、その場から立ち去ろうとした。

「ちっ、つまんないの」

「せっかくこれからいいところだったのに……」

ボスの命令には、さすがの不良たちも逆らえなかった。

その時、麻理がつかつかと裕輔に向かって歩み寄った。

麻理の黒い瞳から、いつもの愛くるしさが消え、怒りに震えているようだった。

「裕輔！」

麻理は厳しい口調で裕輔を呼び捨てにした。

ピシッ！

「あぁっ……」

裕輔の白い頬を麻理は鋭く打ちすえた。裕輔は思わずよろめき、地面に腰を落としてしまった。

「麻理さま……」

裕輔の口から思いがけない言葉が出た。まるで高貴な女王様にかしずく召使のように、麻理をあがめるような態度であった。

「……！」

二人の不良少年はあっけにとられてしまい、言葉を失っていた。こんな小娘に対して、ボスのとった情けない行動が信じられないという表情を浮かべた。

麻理はその愛くるしい顔とは裏腹に、裕輔をさげすむような、嘲るような目つきをして、妖しい笑みすら浮かべていた。

「お、おい、帰ろう！」

裕輔はズボンの泥を払う余裕すら失せて、二人の不良たちにそう命じた。

麻理は無言で裕輔を睨みつけている。

裕輔はいかにも申し訳なさそうに、麻理の方を何度も振り返りながら、暗闇の校庭へと小走りに去っていった。

克樹はあっけにとられて、その様子を見ていた。

何が何だかさっぱり訳がわからなかった。

なぜ、麻理を見て裕輔は驚いたのだろうか？　どうして麻理に頭が上がらないのだろうか？

それまで勝ち誇っていた、あの裕輔の態度の豹変がどうしても理解できなかった。

「克樹君」

「ま、麻理さん……」

麻理は一人残された克樹に声をかけた。その表情は、いつものやさしく、愛くるしい麻理のものであった。

「うふっ、克樹君、その格好……」

羞じらうような視線で麻理は克樹を見て言った。

「ああっ……！」

克樹は下半身丸だしの恥ずかしい格好のままであった。そこに麻理の視線を感じて、あわててブリーフとズボンを引き上げた。

麻理に剝き出しのペニスを見られてしまった！

克樹は恥ずかしさで顔を真っ赤にした。

「さあ、帰りましょう、克樹君」

麻理は何事もなかったような冷静さを保ちながら、とまどっている克樹にそう促した。

「ああ、麻理さん……」

「今日のことはママに内緒にしておいてあげる。でないと、ママって、とっても心配症なんだから」

「あ、ありがとう。で、でも……！」

どうして裕輔が逃げ出したのか、克樹は麻理に問いただそうとした。

「とにかく今日のことはなかったことにしましょう。ね、克樹君」

小悪魔的な表情を満面に浮かべて、麻理は冷ややかに笑った。

「ああ、わ、わかった……」

麻理に言いふくめられて、克樹はもうそれ以上詮索することもできなかった。

とにかく、理由はともあれ、麻理に助けられたことだけは確かだ。克樹は麻理に感謝した。

「ああいうタチの悪い不良が多いのよね、この学校には。相手にしないことね。でなくっても、ただでさえ克樹君は狙われやすいんだから」

二人で帰宅する道すがら、麻理は克樹にそう説明した。

「克樹君は梅津家の大切なお客さん。誰にも克樹君には近づかせたりはしないわ」

麻理はそうも付け加えた。

「あ、ありがとう。麻理さん……」

克樹には疑問が残った。

なぜ、裕輔が麻理のことをそんなに恐れているのか？

しかし、克樹にはどうしても麻理にそのことを聞き出す勇気すらなかったのである。

梅津家——克樹に対して、どこまでもやさしく、そしてこまやかな気配りをしてくれる母と姉妹。しかし、克樹は何かこの家には隠された秘密のようなものがあるような気がしてならなかった。

ベールに閉ざされた女の花園の奥に、何ものかが潜んでいる。しかし、その正体は見当もつかないものだ。志帆と優香との秘められた関係といい、麻理の男をかしずかせる女王様然とした態度といい、何かある！

克樹は心のどこかでそう直感し始めていたのである。


その一件があって以来、学校での裕輔の態度が変わった。克樹に対して持っていたライバル心、嫉妬心が消えてしまったかのように、裕輔は克樹のことをどことなく避けるようになった。

つねに麻理が教室の片隅から睨みをきかせているせいだ。

克樹にはそう思えて仕方がなかった。

そんな克樹にも、いつしか淡い恋心が芽生え始めていた。

同じクラスの津島加織《つしまかおり》。クラスの女生徒の中でもひときわ聡明で、どこかほのぼのと清潔感の漂う可憐な少女であった。田舎育ちにしてはあか抜けた、それでいて控えめで、心くばりのこまやかな加織に、克樹はいつしかひかれていった。

色白で、つぶらな瞳。セミロングのつややかな髪を束ねている赤いリボンがよく似合った。

思春期の克樹の孤独を、加織なら癒してくれそうに思えた。

麻理の視線もあって、教室の中ではあまり話しかけることもできなかったが、克樹と加織はお互いにひかれるものがあるような気がしていた。男子校育ちの克樹にとって、それは初めての恋といってもよかった。

「川村君……」

下校途中、克樹の後を追って声をかけたのは加織の方であった。

「津島さん……！」

思いがけなく加織から声をかけられ、克樹はいささか緊張した。しかし、内心では激しい胸のときめきを感じていた。

「川村君、いや克樹君と呼んでもいいかしら」

屈託のない笑顔で加織は言った。赤い唇から健康的な白い歯がこぼれた。加織は厚手の赤いハーフコートを着ていた。冷たい風に当たりながら小走りに克樹の後を追ってきたせいか、白い頬がほんのりと紅を兆していた。

「ああ、いいよ、加織さん」

克樹も加織の名前を呼んだ。胸がどうしようもなく高まった。ひそかに恋い慕っていた加織から声をかけられたのだ。何を話していいものか、克樹は言葉につまった。

「克樹君。毎日お勉強？」

「ああ、い、いや、そうでもないけど……」

「T大に現役で受かるのって大変でしょ」

「さあ、受かるかどうか……」

「克樹君だったらきっと大丈夫よ。私も東京の大学に行きたくって……でも、あんまり勉強してないから、ちょっと無理かな」

「そんなことないよ」

「ねえ、克樹君。私に少しお勉強を教えてくれない？　邪魔だとは思うんだけど……」

加織は黒い瞳を少し潤ませて、懇願するかのように言った。その表情がたまらなく可愛かった。

「ああ、いいよ、いつでも」

克樹は快諾した。いや、むしろそれを望んでいたのだ。これで加織といっしょに過ごせる時間が増えると思うと、心がウキウキして仕方がなかった。

「うれしい！　克樹君」

加織の声は弾んだ。喜びの表情が満面に浮かんでいた。

「私の家、喫茶店をやってるの。家は別の場所にあるんだけど、そこの二階が私の勉強部屋なの。ねえ、一度パパとママがやってる喫茶店に来て、ケーキとコーヒーでもどうかしら」

「へえーっ、そうなんだ。加織さん、お家は喫茶店なんだね。東京では友達と学校の帰りに喫茶店にはよく行ってたんだ」

「じゃあ、是非一度来てみてよ、克樹君」

話はトントン拍子に進んだ。

克樹にしてみれば、いささか学校と梅津家の往復だけでうんざりとしていたので、ひとときの息抜きができる上に加織と話ができるだけでも大歓迎であった。

それからというもの、克樹は週に二度は加織の両親が経営している喫茶店へと足を運ぶようになった。

本当は授業を終えれば、加織といっしょに喫茶店に直行したいところであったが、麻理の目を気遣って、克樹はひとまず図書館へ行き、三十分ばかり自習をしてから、加織の待つ喫茶店へと足を運ぶことにしていた。麻理には、加織と親しく付き合っていることを感づかれたくはなかった。

あの裕輔との一件以来、何となく麻理に学校での行動を監視されているような気がして仕方がなかったのである。

たしかに、あの時、麻理は克樹を助けてくれたのだが、どうして裕輔が麻理のことをそんなに恐れているのか、納得がいかないままであった。

その麻理とは、同じ屋根の下で暮らしているのだ。麻理は克樹にとっては異性であり、世話になっている梅津家の娘だ。決して麻理のことは嫌いではなかったが、どうしても恋愛感情を抱くことはなかった。そんな麻理に、加織と付き合っていることに気づかれ、母親である志帆の耳にでも入ったら、あらぬ心配をかけることにもなりかねない。まして大学受験が控えている大事な時期でもある。

克樹はなるべく麻理の視線を避けるように心がけた。この間、麻理も、克樹には必要以上に近づくこともなく過ぎた。

冬休みも間近に迫っていた。高校では、大学受験に備えるための補習授業も終盤にさしかかろうとしていた。克樹はもう、あえて補習を受ける必要もないので、午前中は図書館で過ごす時間が多かった。加織が補習を受けているので、補習授業が終わり、その頃合いを見計らって、加織の後を追う日が続いた。

朝方から小雪がちらつく寒い日であった。今日は加織の待つ喫茶店へ立ち寄る日だ。その日はいつも何となく心が浮き立つ。受験が近づくにつれて、その重圧からほんのひとときでも逃れたいという気持ちは克樹とて同様であった。

加織といっしょに机を並べているだけで心がなごむ。肩口まで伸びたつややかな黒髪は、いつも清純な光沢を放ち、ほのかに甘いシャンプーの香りがする。その匂いに触れているだけで、克樹の胸はときめいた。

しかし、加織とはいまだ手を握り合ったこともない。異性に対しては奥手の克樹であったが、思春期の欲望は加織との恋愛感情が募っていくにつれ、加織の肉体を意識しないわけにはいかなかった。

克樹は、あの倒錯した志帆と優香との女同士の肉体の絡みを覗き見して以来、女というものがよくわからなくなった。それまでに抱いていたセックスへの夢と欲望が無残に打ち砕かれて、女の妖しく白い肉体にうなされ、快楽というものの正体すらわからなくなってしまっていた。それを本来の方向へと導いてくれそうなのが恋人の加織であると、自らに言い聞かせていたのだ。

ああ、加織と……キスぐらいはしたい！

そんな思いが克樹の体の芯からこみあげてくるのを、どうにも自制しきれなかった。しかし、克樹は加織を抱きしめて、強引にそのあえかな唇を奪うほどの勇気を持ち合わせてはいなかったのである。

「あっ、克樹君。これから学校に行こうとしていたところなのよ」

加織の母親が少し血相を変えて、喫茶店から出てくるところに克樹は出くわした。

「えっ？　どうしたんですか」

そのあわてぶりを見て、克樹が尋ねた。

「加織が学校で気分が悪くなって……今、連絡があったの」

「気分が……加織、大丈夫なんですか！」

克樹はいささか取り乱して、思わずそう叫んだ。

「先生の話によれば軽い貧血らしいの。もう落ち着いたようで、とりあえず迎えにきてくれと言うので」

彼女はよほどあわてていたらしく、エプロン姿のままであった。

「今日はうちの人が会合で出はらっちゃってるし……とりあえず喫茶店を閉めてしまわないと」

せわしげに店のシャッターを降ろす準備をしながら加織の母がこぼした。

「ぼ、ぼくが行きます……！」

「えっ？　克樹君が……で、でも」

「いいんです。加織が歩いて帰れるようなら」

困惑したような表情を浮かべている加織の母親を制して、克樹はきっぱりとそう申し出た。

しばらく考え込んで、母親はいかにもすまないという様子で、

「そう、そうしてもらえれば助かるけれど……でも迷惑でしょ、克樹君。学校から帰ってきたばかりなのに。それに加織は今日は、とても克樹君に勉強を教わる状態でもなさそうだし……」

「いいんです、ぼく。加織を迎えにいってきますから」

さも当然といった素振りを見せ、克樹は言った。

「そう、でも……本当にいいの？」

「はい。ぼくも心配ですから」

「ありがとう、克樹君。それじゃあくれぐれも加織のこと、よろしくね。何かあったら電話ちょうだい」

不安げな表情を浮かべながら、克樹の熱意に圧倒されてか、加織の母親は言った。

加織の両親は、克樹と加織が付き合っていることに対して寛大であった。むし

ろ喜んでくれてもいた。克樹の真面目で誠実な人柄に信頼を寄せてくれた。別段、不純な交際をしているわけではないことを加織からもきっと知らされていたにちがいない。

克樹はダッフルコートの襟を立て直して、小雪まじりの舗道を学校の方へと小走りに戻っていった。

加織の愛くるしい笑顔が脳裡に浮かぶ。

大丈夫だろうか？　加織は……。

いくばくかの不安が克樹の胸中をよぎった。

校門を入り、克樹は一目散に保健室へと向かった。校庭一面に薄く雪が積もり始めていた。もう大半の生徒は下校してしまった後であり、校舎には人影は認められなかった。

正面玄関を入り、一階の奥まったところに保健室がある。克樹が保健室を訪れるのは今日が初めてのことであった。

思いきって保健室のドアをノックした。

「はーい、どなた？」

保健室の中から、中年の女の声がした。どうやらこの学校の養護教師、滝沢洋《たきざわよう》子《こ》であるらしい。

「お邪魔します」

礼儀正しくそう言って、克樹は保健室のドアを開けた。

プーンと消毒液の強い匂いが部屋の中から漂ってきた。ここは学校の中でも異質な空間であった。

「あ、あの……川村です」

部屋の奥へと歩を進めた。

「川村君？　どうして君が。どこか体調でも悪いの？」

洋子は、消毒液で手を洗いながら、怪訝そうに克樹の顔を見た。

「い、いえ、そうじゃないんです」

「どうしてここへ？」

「あのーお、津島さんのお母さんから頼まれて、加織さんを迎えにきました」

何となく照れ臭かったが、克樹ははっきりと洋子に向かってそう説明した。

「えっ！　君が……」

どうして？　というような表情を浮かべて、洋子は克樹の顔を見た。しかし、校医も克樹の心の内を察したかのように、静かな笑みすら浮かべた。

「加織さんと克樹君とはどうやら親しいお友達のようね。いいわ、いらっしゃい」

洋子は、白いカーテンで仕切られている診察ベッドの近くまで、克樹を招き寄せた。

どうやら加織は、そのカーテンで仕切られたベッドに横になっているらしい。

「加織さん、急に気分が悪くなって、ここに運ばれてきたのよ。顔色が青ざめていて、少し心配したんだけど、今はもう落ち着いているわよ。ちょっと貧血っぽいけれど、しばらく安静に寝ていればどうってことないわよ」

洋子はそう克樹に説明すると、ベッドと隔離されていたカーテンを開けた。

「加織さん、川村君が来てくれたわよ」

克樹は不安げな表情をして、ベッドに寝かされている加織を見下ろした。

「克樹君……」

加織は克樹の顔を見て、弱々しい声で言った。心なしか白い頬が青ざめ、黒く大きな愛くるしい瞳が潤んでいた。

加織は首のあたりまで毛布をかけられ、静かにベッドに横たわっている。

「大丈夫?」

克樹が声をかけた。

「うん、もうよくなったわ」

加織は克樹の心配そうな顔を見て、ベッドから起き上がろうとした。白い肩にスリップとブラジャーの肩紐がチラリと見えた。どうやら加織は、制服を脱がされ、下着姿で寝かされていた。ベッドの下の籠には、濃紺のセーラー服の上下と、黒いパンティストッキングがきちんと畳んで置かれていた。

「だめよ、もうしばらく横になっていないと」

洋子にそうさとされて、加織は再びベッドに再び横になった。

「加織さんは、今日たまたま生理になっちゃったの。もともと貧血ぎみの体質のようね。でも、さっきよりはずいぶんと顔色もよくなってきたみたいだし、もうしばらく横になってるだけで大丈夫よ」

「先生、すみません……」

申し訳なさそうな、弱々しい声で加織が言った。

「受験を控えて大切な時期なんだから、加織さん、あまり無理をしないようにね。あ、そうそう、これから私、職員室で会議があるので一時間ほど席をはずすけど、それまでは寝ていた方がいいわよ。川村君、加織さんについていてあげていてくれる？」

洋子も、うすうすは二人の関係をさとってしまったのか、克樹に向かってそう指示した。

「は、はい、先生。わかりました」

克樹は深く頷いた。

「ああ、そうだわ、加織さん。今日は生理が多いから、しばらくタンポンを入れておいた方がいいわよ」

「ええっ！　先生、タンポン……ですか。私まだ使ったことがないんですけど」

「大丈夫よ、先生が処置してあげるから」

「は、はい、でも……」

加織は何となく不安げな表情であった。

「克樹君、ちょっとお部屋の隅の方で待っててちょうだい。すぐに終わるから」

「はい……」

克樹は「タンポン」という言葉を確かに聞いたことはあった。それを女性の膣に挿入するということぐらいもおぼろげながら知ってはいたが、なんとなく気恥ずかしい気分になった。

ベッドのカーテンが洋子の手によって閉められる。

「加織さん、ショーツを脱いでね」

「はい」

ショーツを脱いでいるかすかな気配が克樹には感じられた。今、加織はショーツを脱いで、アソコを先生に見られているにちがいない。そう思うと、克樹の若い欲望器官にじんわりと熱い血が集まってきた。

ああ、加織のアソコが……見たい！

いけないとは思いながらも、克樹の脳裡には加織の股間にしっとり潤っている柔肉の花びらが浮かび上がってきた。きっと、そこは生理の血で赤くぬめっているにちがいない。

克樹の下半身は、カーテンの中で繰り広げられている、女同士の秘められた行為を想像しながら、すでにビンビンに張りつめようとしていた。

「ああっ、せ、先生！」

「力を抜いて、そうよ、痛くなんてないからね」

加織がショーツを引き上げている気配がかすかに克樹の耳に伝わってきた。

カーテンが開いた。ティッシュペーパーにくるんだ加織のナプキンを持って、校医が姿を見せた。そして、無造作にごみ箱にその塊を捨てた。

「何かあったら職員室に報告に来てちょうだい。大丈夫だとは思うんだけど……頼んだわよ、川村君」

そう指示を残して、白衣姿の校医は保健室から出ていった。

保健室は克樹と加織との二人だけの空間になった。

克樹はパイプ椅子に座って、加織の寝ているベッドの傍らに座った。

「ママ、心配してたんじゃない？」

加織が聞いた。

「うん、けっこうあわててたみたいだったよ」

「でも、どうしてママじゃなくって、克樹君が来てくれたの？」

怪訝そうに加織は克樹に尋ねた。

「お母さんは、店のことが忙しそうだったから、ぼくが代わりに迎えにいく、と言ったんだよ」

「そ、そうなの。ありがとう、克樹君……うれしい」

加織の頬にわずかに赤みが差してきたように見えた。

「本当に大丈夫？」

「うん、もう平気」

「それならいいんだけど……」

加織はベッドから起き上がろうとした。

「だめだよ！　加織。まだ横になっていないと」

「大丈夫だってば」

加織は克樹が制するのも無視して、ベッドから起き上がった。克樹はあわてて加織の華奢な両肩を抱いた。

毛布がずり落ちて、加織の下着姿の上半身が克樹の目にとまった。白い肌が肩口から露出する。みずみずしい、弾力感に満ちた素肌だ。純白の羽毛のようなスリップの肩紐と、清楚な感じのブラジャーの肩紐とが、加織のなやかな肩にかかっていた。それは、克樹にとって、何ともまばゆく、悩ましい光景であった。

加織の素肌を目の当たりにしたのは初めてのことであった。そのなめらかな肩から胸にかけてのラインは実に美しい。肩口まで伸びたつややかな黒髪といい、清純な芳香が匂いたつような加織の上半身である。いつか覗き見た志帆の肌とも優香の肌ともちがって、若鮎のような新鮮さだ。

ブラジャーとスリップにくるまれているとはいえ、淡い胸の谷間から小ぶりながら、ほどよく熟し始めた乳房の膨らみが覗いた。

「いや、そんなにじろじろ見ないで、克樹君」

克樹の視線を上半身に感じた加織は、羞じらうように毛布で胸を隠した。

白い頬にも血の気が戻り、見た目には普段の愛くるしい加織となんら変わりないように思えた。

男以上に女の体はデリケートにできているらしい。

「生理、ひどいのかい？」

さも知ったかぶりに克樹は尋ねた。

「うん、今日は……とっても。いやっ、そんなこと聞かないで、克樹君。私、恥ずかしい」

加織はパッと頬を赤らめた。

「よく貧血を起こすのかい、加織」

「ううーん、めったに。疲れた時なんかには目眩《めまい》を起こすことはあるけど……今日は朝から何となく気分が悪かったの」

「あまり無理をしちゃいけないよ。大事な時なんだからな」

「ありがとう、克樹君」

そう言うと、加織は毛布の中からか細い腕を伸ばして、克樹の手をしっかりと握りしめた。思いもよらぬ加織の行動に、克樹は一瞬ひるんだ。冷たい手であった。しかし、やわらかく、しなやかであった。

「か、加織……」

克樹は加織の顔を覗き込んだ。

「克樹君の手って、とっても温かいわ」

克樹の手を両手で握りしめながら、少し声を震わせて加織はつぶやくように言った。

「克樹君のこと、私……とっても好き」

加織の黒い瞳が潤んでいた。長い睫がかすかに揺れている。

そんな加織の仕草を克樹はたまらくいとおしいものに感じた。このまま加織の毛布を剝ぎ取って、加織の体を力いっぱい抱きしめたい衝動にかられた。

「克樹君。私のこと……好き?」

単刀直入にそう尋ねて、加織は克樹の顔を見上げた。その目は真剣そのものであった。

「ああ、す、好きだ……」

「本当？」

「本当だよ！」

「うれしい、克樹君」

加織の顔に生気が蘇ってきた。いつもの快活で愛くるしい加織に戻っていた。

「きっと克樹君が迎えにきてくれるって信じていたの」

加織は再びベッドから起き上がった。ブラジャーとスリップ姿に羞じらう素振りも見せずに、克樹の手をしっかりと握りしめ、そしてベッドの傍らの椅子に腰かけている克樹の方ににじり寄って来て、克樹の体に抱きついたのだ。

「か、加織！　ちょっと……」

スリップ一枚の姿のままで加織にしがみつかれ、克樹はいささか狼狽した。

大胆な加織の行動に圧倒されてしまったのだ。今の今までベッドでしおらしく寝ていた加織とは、まったく別人のように思われた。

「好きなの、私！　克樹君のことが」

加織は克樹の胸に頬を埋めて体を預けた。

「お、おい、加織……ちょ、ちょっと」

まだ病み上がりの加織のことを心配した克樹は加織をベッドに寝かそうとした。しかし、加織が克樹の体を抱きしめて離そうとはしなかったために、そのまま克樹が加織の体に覆いかぶさるようにして、ベッドに倒れ込んでしまった。

ベッドの毛布がはだけてしまって、スリップ姿の加織の全身がさらけだされた。可愛らしいフリルとレースとを清楚にあしらったスリップの裾が捲れあがり、すべすべとしてなめらかな太腿があらわになってしまった。

しかし、加織は特に隠そうとはしなかった。

「か、加織……」

加織を組み伏せるような格好で、両手をベッドについて自らの体重を支えながら、克樹は加織の顔を見た。

加織は長い睫を顫わせながら、潤んだ黒い瞳で克樹の顔をじっと見上げた。そして、ぽつりと言った。

「キスして……克樹君」

「ええっ！」

思いがけない加織の要求に、克樹の胸は張り裂けそうになった。

「私のこと好きだったら、お願い……キスして」

そう言うと、加織は目をつむり、あえかに顫える赤い唇を克樹の前に差し出した。

「加織……！」

夢にまで描いていた加織とのキス。それがよりにもよって、加織の方からせがんできたのだ。

スリップ越しに、ブラジャーでしっかりとガードされているバストの膨らみが、いやがおうでも克樹の目に飛び込んでくる。

克樹の心にむらむらと激しい性への欲望がたぎり始めた。これまで加織の体調のことを気遣い自制していた若い欲望の炎が一気にメラメラと燃え盛る。下半身に欲望の血が凝縮していく。

ああ、も、もう……たまらない！

克樹は加織の横に肩を並べて、ベッドに添い寝する態勢をとった。

加織は身動き一つしようとはせずに、目を閉じたままで、克樹を待っていた。

「ほ、本当にいいのかい？　加織」

加織は黙ったままで軽く頷いた。

そして加織の首に腕を回した。ほのかに甘いシャンプーの香りが匂った。

「か、加織！」

もうどうにも心を自制することなど克樹にはできなかった。加織の華奢な体をしっかりと抱きしめ、加織の可憐な唇に自らの唇を恐る恐る押し当てた。

「ううっ……」

加織はわずかに上体をくねらせた。全身のかすかな震えが克樹の体に伝わってくる。

やわらかな、そしていくぶん冷たい唇であった。克樹と加織はお互いの唇を重ね合わせたまま、しばらく動こうとはしなかった。

こ、これが……キス！

克樹は緊張したたままで、ファーストキスの味を堪能していた。しかし、克樹の自制を失ってしまった欲望は、加織と唇を重ね合わせているだけでは収まりそうにはなかった。

キスをしながら、克樹の手は加織のバストの膨らみへと伸びていった。

羽毛のようなすべすべとしたスリップのナイロン地の上から、克樹はぎこちない手つきで加織のバストの膨らみをまさぐり始めた。

「ううっ、克樹君……そ、そんなこと、やめて」

重ね合わせた克樹の唇から、自らの唇を離して、か細い声で加織は嫌がる仕草を見せた。

しかし、そんな加織の哀願を素直に聞く余裕など、すでに克樹にはなかった。

スリップ越しに加織の乳房を荒々しく揉みしだいた。

「ああ、ああーん。克樹君。そ、そんな……！」

口では「やめて」と言いながらも、加織は抵抗をする素振りも一向に見せずに、上体をわずかにくねらせながら、むしろ手荒い克樹の愛撫に身をゆだねている様子であった。

「か、加織が……ほ、欲しい！」

克樹はたまらずにそう口走っていた。そして、加織のスリップの肩紐をずらした。こうなればブラジャーも邪魔な存在であった。スリップをずり下げ、両腕を加織の背中に回してブラジャーのホックをはずそうとしたが、あせればあせるほどうまくはずすことができない。

「待って、克樹君。ブラジャーを取るわ」

加織が決心したかのように言った。

「加織……！」

「う、上だけにして、克樹君、お願い……」

「あ、ああ、わかった」

加織は何度もためらいながら、ブラジャーのホックをはずした。ブラジャーの肩紐が緩み、ブラカップがずり落ちる。加織は恥ずかしそうに、両手でブラカップを押さえた。

白くみずみずしい肌であった。しっとりとして完熟した志帆の肌とも、しなやかで弾力感のありそうな優香の肌ともちがっていた。

「ああ、加織、とってもきれいだ!」

「ああーん、い、いや」

克樹はブラカップを加織の手から奪い取った。そして、加織の胸の谷間に顔を埋めた。

マシュマロのようなやわらかさ、温もりのある肌。決して大きくはないが、成熟を始めた若い乳房にはほどよい張りがあり、乳首は少し陥没しているが美しい桜桃色だ。

克樹はたまらなかった。女の柔肌にじかに触れるのは生まれて初めての体験であった。しかも、その肌はいとおしい恋人のものである。

手のひらで包み込むようにしながら、そのみずみずしい果実のような乳房をまさぐり、手荒く揉みしだいた。

「ああ、あはーん、克樹君」

加織の首筋から胸にかけて、白い肌がわずかに紅潮を始めた。緊張と羞恥のためか体が小刻みに震えている。しかし、克樹の執拗な愛撫に応えるかのように、加織はうっとりとした表情を浮かべ、目をつむったままで赤い唇を半開きにして、かすかにあえぎ始めた。

「加織、ああ、加織……」

克樹は、夢中で加織の乳房を貪った。唇と舌とで、やわらかな乳房を愛撫し、わずかに固くしこり始めた乳首を口に含んだ。コリッとしこった乳首の感触を唇で味わいながら、舌の先で乳首をこねまわした。

「あぁっ、ああーん、あうーっ……」

加織は感じ始めたのか、頭を左右に激しく振り、息遣いを荒げて、可憐なあえぎ声を洩らした。それは美しい小鳥の囀りのように克樹の耳には聴こえた。

「ううっ、うぐーっ……」

再び克樹は加織の唇を奪った。しかし、ただ唇を重ね合わせているだけでは我慢ができなかった。

克樹は、堅く閉じ合わせている加織の歯を舌先でツンツンと小突いた。加織の口の力が一瞬緩んだのを見計らって、克樹は加織の口腔へと舌を侵入させていった。

「ううっ、ううっ、ううーん……」

加織の口腔は熱く、そして甘い唾液で満たされていた。克樹はその口腔を舌でかき回した。加織もいつしか克樹の舌の動きに呼応して、二人は舌と舌とを絡め合わせ、お互いの唾液を貪るように啜った。

生まれて初めてのディープキス。ぎこちない舌の動きが逆に二人の快感を高めていった。

ああ、加織。もう……我慢できない！

キスを交わし、乳房を愛撫しただけで、克樹の若々しい牡の欲望器官は痛いほどに張りつめてしまっていた。今にもブリーフの合わせ目から、猛々しい剛直がビクンと顔を覗かせそうだ。

克樹は下半身の膨らみを加織の恥骨のあたりにきつく押しつけた。スリップ越しとはいえ、加織の恥骨でペニスが摩擦されているだけで、克樹は達しそうになった。

克樹の手が加織の下半身へと降りていった。そして、克樹は加織の剝き出しになった太腿をゆっくりとなぞった。すべすべとして、ほどよく肉がついた太腿だ。いとおしむように、克樹はその太腿を何度も撫でさすり続けた。

「ううっ、ううーん……」

克樹の気配を察知したのか、加織はウエストを激しくくねらせ、嫌がる素振りを示した。両の太腿は堅く閉じ合わせている。

しかし、ここまできて愛撫を中断することは、もはや克樹にはできそうになかった。

見たい！　加織のアソコが……。

それは、どうしようもなく抑えがたい少年の欲望であった。

「加織、ああ、加織！」

そう叫んで、克樹は加織の下半身を覆っていたスリップの裾を握りしめた。そして、大きく捲りあげた。

「いやーっ、克樹君。そ、そんなこと、やめて……！」

加織は両足をばたつかせて、小さな悲鳴をあげた。羞恥に体を激しく震わせた。

しかし、克樹は加織の悲鳴を無視するかのように、強引にスリップの裾を括れたウエストのあたりまでたくしあげた。

「ああ、い、いやーっ！　恥ずかしい……」

加織は両手で顔を隠して、激しく頭を振り続けた。

淡いピンク色のストレッチレースのパンティ。加織の股間にピッチリと貼りついている悩ましい薄布が、克樹の目に入ってきた。

それは克樹の心をいっそう狂わせずにはいなかった。

「か、加織。ぼ、ぼく……もう！」

「だ、だめ、克樹君！　今日は……生理なのよ」

加織は黒く大きな瞳に涙をためて、そう繰り返し克樹に哀願した。

「み、見たいんだ！　加織を……」

「きょ、今日だけは嫌。お願い、見ないで……！」

しかし、克樹の激しい性的衝動が、そんな加織の哀願を黙殺した。

克樹は強引に加織のパンティに両指をかけ、神秘の扉を押し開く興奮に震えながら、加織のパンティをグイッと翻転させ、一気に太腿のあたりまで引き下げてしまった。

「い、いやーっ、見ないで！」

激しくウエストをくねらせて、加織はか細い悲鳴をあげ続けた。

克樹は、堅く閉じ合わせている加織の太腿をこじ開けるようにして、その間に手を差し入れた。紐状に太腿にからんでいるパンティをさらに引き下げ、足首から抜き取った。

加織の盛りあがった恥骨の部分には、黒い草むらが顫えていた。それが可憐な花園のように克樹の目には映った。草むらの奥に、ぬらぬらとして濡れ光ったサーモンピンクの鮮やかな亀裂が顔を覗かせている。その亀裂からプーンとチーズの饐《す》えたような異臭がたちこめてきた。

克樹は加織の太腿に差し込んだ手に力をこめた。そして、なんとしても加織の股を割ろうとした。そのぬめった果肉に顔を埋めたいと思った。

「いいだろう、加織」

「い、いやっ！　私……まだバージンなの」

加織の口から「バージン」という言葉が洩れた。克樹はその言葉を聞いて、一瞬たじろいだ。

「お願いだから……今日はやめて。いつか、克樹君に私のバージンを……あげる」

　か細いが、しっかりとした口調で加織は言った。

　生理がひどく、貧血で倒れた加織の、うっすらと黒く大きな瞳に涙をためている姿を見ていると、さすがに克樹はかわいそうに思った。しかも、自分から「バージン」であることを告白したのだ。

　克樹は加織をこの上なくいとおしい存在に思った。加織をしっかりとこの腕で抱きしめ、愛したいという欲望はますます簡単には鎮めることができなかった。

　加織のしっかりと閉じ合わせている股間に、可憐な草むらが顫えている。その羞じらいの仕草が、克樹の欲望を激しくかりたてないわけはなかった。

「ぼ、ぼく、入れたい！　加織の中に」

　克樹は単刀直入にそう叫んだ。克樹のズボンの前は猛々しくテントを張っていた。

「だ、だめ！　今日は……絶対にいや。お願い、克樹君」

　加織は羞じらいながら、貧血気味の青白い顔を左右に振って拒んだ。

「ああ、加織……！」

「い、いやーっ！　やめて、克樹君」

太腿をしっかりと閉じ合わせて、必死に加織は哀願を繰り返した。

ああ、もう……たまらない！

いやがる加織の華奢な体をベッドに押し付け、克樹は強引に加織の太腿の間に差し入れた右手に力を集中して、こじ開けていった。

「ああーん、だめ、やめて！　いやーっ……！」

しかし、加織の必死の抵抗も、克樹の力には屈しざるを得なかったのである。

次第に加織の股の力が緩んでいった。

「ああ、加織！　好きだ！」

「だ、だめ！　や、やめて……克樹君」

克樹は、涙まじりの声を顫わせて拒む加織の太腿を大きく左右に押し広げた。

「いや！　み、見ないで！」

加織は羞恥に打ち震えて、顔をそむけた。加織の青白い顔がわずかに赤みを帯び始めていた。

加織のその部分は、可憐な二枚の花びらに覆われ、わずかにぬめった果肉全体が可憐なサーモンピンクに縁どられていた。

クリトリスは薄い包皮に覆われたままである。そして、花びらの間に亀裂から、白い紐が覗いていた。先ほど校医によって挿入されたタンポンの紐であることは克樹にも察せられた。

克樹は、たまらずブリーフを脱いでしまって、下半身を加織の太腿の間に割り込ませた。

加織は太腿をバタつかせて、相変わらず抵抗を試みているが、若い克樹の力には抗うことなどできなかった。

「恥ずかしい、いや、見ないで……！」

克樹の欲望はもうとどまるすべをなくしてしまっていた。どうしても、加織の可憐な花園の亀裂に勃起しきったペニスを入れたい！　克樹とて童貞である。その異常な興奮に体の震えが止まらなかった。

ああ、も、もう、我慢できない！

克樹は、加織に亀裂から覗いているタンポンの紐を握った。

「ヒィーッ！　だ、だめーえ……！」

加織は耐え難い羞恥に、けたたましい悲鳴をあげた。そして、ヒップを激しく揺すった。

しかし、克樹の耳には加織のせつない悲鳴すら聞こえてはこなかったのである。

克樹は思い切って加織のタンポンの紐をグイッと抜き抜いてしまった。真新しいタンポンは、すでに加織の経血を含み、真っ赤に膨らみ始めていた。

タンポンを引き抜かれたた加織の花園は、パックリと大きな口を開けて、そのピンク色の淫裂から経血がポタリ、ポタリと白いシーツに滴り落ちた。シーツが真っ赤に染まっていく。

「ああーん、いや、み、見ないで……！」

加織はあまりの恥ずかしさに激しく頭を振り続けた。いかに恋人の克樹とはいえ、おぞましい経血の流れ落ちる姿を見られることは、少女にとってはたまらなく恥ずかしいことであった。

「ああ、加織……！」

秘孔からしたたり落ちる血を目の当たりにして、克樹の欲望はさらに高まっていった。それが決して歪んだ欲望であるとは思わなかった。

たまらず、克樹は経血にまみれた加織の花園に顔を埋めた。その血の饐えたような異臭も、いとおしい恋人のものであると思えば気にはならなかった。克樹は、加織の顫える花びらの間に唇を押し当てた。そして、貪るようにその経血をすすった。

「い、いやーん、や、やめて……そ、そんな！」

加織はまだ幼さを残したウエストを必死でくねらせ、克樹の頭を押し広げられた股間から離そうともがいた。しかし、克樹に下半身を差し挟まれ、両の太腿をかかえられてしまっていては、どうにもならない。

克樹は加織の二枚の花びらを舌先で夢中でこね回し、花びらを押し開き、秘孔の奥へと舌を差し入れていった。

その奥から、経血に混じって、わずかにトロリとした蜜があふれ始めてきたことを克樹は察知した。

克樹の怒張はすでに天を突いて、ヒクヒクと息づいていた。このまま、加織の中に挿入しないことには、その怒りは収まりそうにはなかったのだ。ピチャ、ピチャと音をあてながら、舌と唇とで加織の可憐な花園を貪り続けた。

「ああ、ああーん、い、いや……や、やめて……！」

加織の抵抗の悲鳴に、わずかに悩ましいあえぎがまじり始めてきた。上体をくねらせ、白い眉間に皺を寄せて、あえかな唇が開き、白い歯が覗いた。

「加織、ぼ、ぼく、入れたい……！」

加織の股間から顔をあげて、克樹は我慢ができないという表情でそう叫んだ。

「だ、だめ！　それだけは……いや！」

喉の奥から引き絞るような悲痛な叫びをあげ、加織は克樹の欲望を拒もうともがいた。こんなかたちでバージンを喪うことは、加織が望んでいたことではなかったのだ。

「いい、いいだろ、加織、ぼ、ぼく、もう……！」

「い、いやーっ、ああーん……！」

克樹は加織の太腿を両脇にかかえ、大きく開かれた花園に自らの怒張をゆっくりと近づけていった。

ああ、これで……加織と一つになれる！

心の中で克樹はそう雄叫びをあげた。ペニスが高まっていく興奮にヒクヒクと脈打ち始めていた。

その時であった。

保健室のドアの開く音がした。そして、甲高い声が克樹の耳元に響いた。

「克樹君！」

聞き覚えのある声であった。

克樹はあわててドアの方を振り返った。

「ああーっ……！」

そこには黒く大きな瞳を悪戯っぽく輝かせて、麻理が立っていたのだ。

「ま、麻理さん！」

克樹の体から血の気が引いていった。

ど、どうして？　ここに麻理さんが……！

「い、いやーっ！」

加織も麻理の存在に気づき、悲鳴をあげて、頭から毛布をかむり、ベッドに体を丸くして蹲ってしまった。こんなところをクラスメートに見られてしまったことがよほど恥ずかしかったのだろう。

克樹は茫然として、勃起したペニスを隠すことも忘れ、ベッドの上に膝をついていた。麻理に弁解するすべなどなかった。

「うふっ、克樹君はお勉強のことも忘れて、加織さんとこんないやらしいことに励んでいたんだ……」

麻理は、うろたえている二人を冷ややかに見守りながら、口元に妖しい笑みすら浮かべていた。

ああ、どうしよう。こんなことをおばさまに報告されたら……ぼくは梅津家にいられなくなる。

加織の中へ挿入する寸前であった、たくましく勃起していたはずの克樹のペニスは一気に萎えてしまった。

克樹は麻理の顔をとてもまともには見ることができなかった。

「克樹君、安心なさい。このことはママに内緒にしておいてあげる。さあ、帰りましょう、克樹君。ママが待ってるわ」

顔色一つ変えずに、麻理はいつもの快活な口調で克樹にそう促した。

第三章　下着の媚臭

　あのことがあって以来、克樹は恋人の加織と会うこともかなわなかった。二人の行動は逐一麻理によって監視されているように克樹には思えてならなかったのだ。もし再び加織と会ったら……そして破廉恥な現場でもおさえられたら、今度はただでは済まされない。

　加織に対する恋情が募れば募るほどに、克樹は悶々とした日々を送らなければならなかった。とはいえ、一度異性と接触する味を覚えてしまったら、性的衝動は高まっていくばかりだ。

　克樹は、ろくろく勉強にも身が入らずに、甘いセックスの妄想に苦しめられ続けていた。しかし、それは思春期の少年にとってはごく自然なことかもしれない。むしろ、性を無理やり抑圧して、受験勉強で気を紛らわせることの方が不自然なのだ。

年が明けて、三学期が始まった。もうすぐセンター試験である。

木枯らしの強い日であった。

この日、克樹は学校を休んだ。志帆には「ちょっと気分が悪い」と言って、自室にこもっていた。いまさら学校に行っても仕方がない。すでに大学入試への賽は投げられたのである。

加織の可憐な裸体が悩ましく脳裡を駆け巡る。あの時、麻理が邪魔さえしなければ……加織とセックスできていたはずだ。

ああ、このままではどうにかなってしまいそうだ！

克樹はもはや空しい自慰行為では満足できそうになかった。

離れの部屋から、かすかに人声が聞こえてきた。生け花の稽古が始まったらしい。

克樹は自室で閉じこもっていても、勉強に身が入らなかった。加織のことが脳裡をよぎる。しかし、加織には今は会えない。会えない思いが募っていくと同時に、なぜか志帆の白い裸体が、瞼の裏にまざまざと蘇ってくるのだった。

ああ、どうにかなってしまいそうだ！

克樹はひどく苛立っていた。

急に思い立ったように、克樹は部屋から出た。克樹は何ものかにとり憑かれてしまっていた。志帆の寝室へと勝手に足が向いていく。それを自制することさえできなかった。

志帆の部屋は、克樹にとっては禁断の園である。今まで志帆の寝室へは足を踏み入れたことなど一度もなかった。

しかし、克樹のどうしようもない性的衝動は、禁忌《タブー》を犯すことにむしろ快感さえ覚えていた。克樹には、いとおしい母性というものの匂いが欲しかったのである。母という女の放つ、えも言われぬ媚臭に克樹はすっかり飢えきっていた。

志帆の寝室は一階にあった。

克樹は、二階に与えられた部屋を出て階段を降りていった。今なら誰にも気づかれる心配はない。優香も麻理もまだ帰宅することはない。

志帆の寝室に一歩一歩近づいていくにつれて、克樹の胸の動悸が高まっていった。禁断の園に足を踏み入れる緊張感と、どうしようもない興奮に足が震えた。

克樹は志帆の寝室の前に立った。手にじっとりと汗が滲んだ。

静かに襖を押し開いた。

ほの暗い空間であった。ひんやりとした冷気に触れる。ほのかに菖蒲の青臭い香りが匂ってきた。

ああ、ここがおばさまの部屋だ……！

壁には桐の和箪笥が二つ、そして洋箪笥が一つ並んでいた。白い障子で閉めきられた窓側には、姿見と漆塗りの着物掛けが置かれていた。樟脳《しょうのう》の強い匂いが克樹の鼻をついた。

いかにも、清楚で気品のある志帆の部屋らしいと克樹は思った。

ここで、おばさまはいつも一人で寝ているんだ……。

一人寝ている志帆の悩ましい寝間着姿を克樹は想像した。寝間着の下のまばゆく輝く白い裸体を脳裡に浮かべた。

ああ、たまらない。おばさま……！

おばさまも、いやらしいことを想像しながらオナニーしているんだろうか……？

克樹は、志帆のオナニーしている場面を勝手に頭の中に思い描いてみた。

白い布団に横たわって、パンティを脱いで……むっちりとした太腿を大きく広げて、自らの指でクリトリスをいじり、肉厚の二枚の花びらを押し開き、蜜を滴らせる。眉間に美しい皺を寄せ、白いシーツをかき乱して、あえぐ志帆の悩ましい顔……。

おしとやかな志帆の美しいあえぎ声が、畳の中から聞こえてきそうだ。

志帆は、まだまだ女盛りである。魅力的で美しい。そんな志帆が、娘の優香とひそかにレズに耽り、そして狂おしく身悶えるなんて……。あのおぞましい母娘の倒錯した痴戯を思い起こしただけで、克樹の下半身は甘く痺れるのであった。

おばさまと……したい！

できれば志帆にやさしく童貞を奪ってもらいたいとさえ思った。

克樹はひどく苛立っていた。志帆とのセックスへの憧憬がいよいよ募っていく。それをもはや押し止めることはできなかった。

志帆のものならば、この際何でも手にしたかった。克樹は、まるでパンドラの箱を開けるかのような興奮を覚えながら、洋簞笥の引き出しを開けた。

そこには、志帆の白い裸身を包み込む悩ましいランジェリー類がきれいにたたんでしまわれていた。克樹は、震える手でその一枚を取り出した。

清楚な感じのする、ストレッチレースをふんだんにあしらったセミビキニのパンティ。その純白の光沢は、克樹の欲望を刺激するのに十分だった。

ああ、こ、これが……おばさまのはいていたパンティだ！

小さく縮こまった、悩ましい布切れを克樹は握りしめていた。手が震える。そのやわらかな布切れには、志帆の温もりがわずかに残っているようにも思えた。

ほのかに甘い洗剤の匂いがする。その匂いさえ、志帆の体から発散される芳しいフェロモンのように感じられた。

ぼ、ぼくは……いけないことをしてるんだ。

そんな背徳感が克樹の脳裡を一瞬よぎった。しかし、どうしようもない若い欲望は、もはや自制することなどできそうになかったのだ。

汗ばんだ手のひらで克樹は志帆のパンティをしっかりと握りしめた。そして、志帆のまばゆいばかりの白い裸体を想像しながら、パンティに頬ずりを繰り返した。

ああ、おばさま、おばさまと……したい！

あの倒錯した、志帆と優香のおぞましい女同士の肉体の絡みが克樹の瞼の裏にはくっきりと焼き付いていた。信じられないような、けたたましいよがり声をたてて、お互いに肉体を貪り続けていた光景を思い出すと、克樹の頭の中がパッと真っ白になってしまう。それは、克樹の理解をはるかに超えたものだったが、興奮してその裸身が美しい紅に染まっていく姿は、性に対して奥手の克樹に激しい快楽をもたらしたことだけは事実であった。

恐る恐る克樹は、志帆のパンティを両手で広げてみた。男物よりは伸縮性があり、布地も比べものにならないほどやわらかい。克樹は好奇心にかりたてられるままに、パンティの布地をくるりと裏返した。股ぐりの部分は布が二重になっている。

こ、ここに、おばさまのおま×こが当たっていたんだ……。

克樹はそのパンティの舟底の部分をじっくりと点検した。そこには、わずかながら黄ばんだ縦長の染みが烙印されていたのだ。

ああっ、こ、これは……！

その染みを見つめながら、克樹の脳裡に淫靡な妄想が湧きあがってきた。

これはおばさまのおま×こから滲み出た汁にちがいない。そうだ、きっとそうだ！

女は興奮してくると陰部が濡れてくる——それぐらいの知識は克樹も持ち合わせていた。しかし、あのおしとやかな志帆がパンティを濡らすとは、どうしても結びつかなかった。

克樹はたまらず、その黄ばんだ染みの部分に鼻を押しつけた。クン、クンとまるで犬のように、その臭いを嗅いでみた。しかし、甘い洗剤の香りがするばかりであった。

克樹の股間は、すでに痛いほどに勃起していた。もともとが想像力の豊かな克樹であった。志帆の裸身が脳裡に悩ましくたち現れる。面長の白い額にかかったほつれ毛、切れ長の美しい瞳、肉感的な赤い唇、張りのある豊満な乳房、股間を覆っている黒い草むらの翳り……。まろやかな白いヒップが揺れる。括れたウエストがくねる。むっちりとして、すべすべとした太腿。

いつしか、克樹は志帆の妖艶なまぼろしを脳裡に描きながら、深い自己陶酔の世界に浸りきっていた。

どうにもたまらず、克樹はズボンのベルトを緩めた。そしてズボンを脱ぎ捨てた。白いブリーフの前が大きく膨らんでしまっている。克樹はためらわずブリーフも足首から抜き取った。ペニスは猛々しく天を突いてそそり立っていた。

克樹のネジの切れてしまった欲望は、一枚のパンティだけではとても収まりそうになかった。志帆が身につけていたランジェリーなら、どんなものでも手にしたいと思った。

志帆の洋箪笥をいっぱいに引き出し、再び克樹は物色を始めた。

きちんと畳まれていた志帆のランジェリー類を貪るように漁った。そして、克樹は畳一面に気に入ったランジェリー類を陳列した。

色とりどりのパンティ。セミビキニのもの、黒く透けるシルクのもの、大胆なハイレグカットをほどこしたものなど……志帆はよほどパンティにこだわっているらしい。どれも克樹の欲情をそそりたてる一品ばかりであった。

ブラジャーも清楚なものから色っぽいものまでそろっていた。こまやかな刺繍をあしらったベージュ色のもの、上半分がレースで縁取られ透けている色っぽいもの、フリルを散りばめたハーフカップ。華奢な体のわりには豊満な乳房であり、ブラカップの底も意外に深いものばかりであった。

純白とベージュのスリップ。胸の部分にはフリルとレースが華麗にあしらわれている。裾の部分も、いかにも女らしい半分透けたレースで飾られていた。黒のキャミソールも克樹の欲情を激しくそそった。ブルーのシースルーのキャミソールを志帆が持っていることにもいささか驚かされた。

ストッキングもきちんと結ばれて収められている。肌色のもの、黒、そして銀ラメを散りばめたゴージャスなストッキング。それらが志帆のしなやかな二肢に貼りつき、むっちりとした太腿を覆っていたかと思うと、克樹の欲望は激しく揺すられた。

まさにかぐわしく、悩ましい女の花園であった。志帆のなめらかで、しっとりとした肌に貼りついていたランジェリーがここにある。それらはあまりにもまばゆく、少年の欲情をかきたてずにはおれない逸品の数々であった。女を知らない少年の好奇心と想像力を一段とたくましくしていくには十分すぎるほどであった。

こんなに素敵なものを……おばさまは身につけているんだ！

克樹はたまらなかった。すべすべとして、なめらかな志帆のランジェリー類に包まれているだけで、克樹は志帆とのとろけるようなセックスの快楽に浸っているという気分になった。

罪悪感が克樹の心のどこかにあったのは確かだった。しかし、それもひそかな快楽を貪ろうとする欲望にかき消されてしまっていたのだ。

優香も麻理もまだ帰ってはこないだろう。志帆も生け花の稽古の時には、離れの部屋から戻ってくることはまずありえない。

志帆の寝室はしーんと静まりかえっている。床の間に活けてある菖蒲の強い香りだけが克樹の行動を見張っていた。

ぼくがこんなことをしていると、おばさまが知ったら……。

胸がドキドキする。秘密のベールでも暴く時のような、たまらない緊張感と心の高鳴り。克樹の行動はいよいよエスカレートしていった。

数々のランジェリーの中から肌色のパンティストッキングを手に取る。

志帆が洋服に着替えて、台所に立っている後ろ姿を、克樹はいつも色っぽいと思って見つめていた。黒いタイトスカートにくるまれたまろやかなヒップ。美しく括れたウエスト。ほどよく肉づいたふくら脛と、むっちりとした太腿。四十半ばという年齢にはとても見えない、悩ましい湾曲のラインは、和服姿からは想像もできないほど完熟した女のフェロモンを放っていたのだ。とりわけ克樹は、志帆の美しい脚の線に魅せられていた。

志帆の美麗な素足をピッチリとくるんでいたストッキングだ。すべすべとしたナイロン地の感触がたまらなく心地いい。

克樹は、そのストッキングを頬に当てた。まるで、志帆の素足にじかに触れているような温もりを覚えた。

ああ、おばさまのきれいな脚だ……たまらない！

志帆の白く輝く、まばゆいばかりの裸体が克樹の脳裡に渦巻く。克樹の欲望はさらに高まっていった。

克樹はハーフカップの清楚な感じのするブラジャーを手にした。深いブラカップの底から志帆の匂いがたち昇っているようだ。豪華なフリルとこまやかな刺繍がふんだんにあしらわれていて、やわらかなレースに包まれているブラジャーだ。志帆が身につけるにしては、少し可愛らしすぎるブラジャーだと克樹は思った。このブラジャーにガードされている志帆の豊満な乳房を想像してみた。きっと、弾むような、やわらかな肉感があって、美しい乳房だろう。克樹は、たまらずブラカップに鼻をこすりつけて、その匂いを嗅いでみた。パンティと同じように、甘くほのかな洗剤の香りがした。

ああ、おばさま……！

畳一面に散りばめた志帆のランジェリー類に取り囲まれて、克樹は何もかも忘れて恍惚とした幸福感に浸りきっていた。自慰をしたいという、どうしようもない性的衝動にかられたのも、仕方のないことであった。

も、もう……我慢できない！

パンティとブラジャー、それにパンストとスリップを手にしっかりと握りしめて、冷たい畳の上に仰向けに寝そべった。ほのかに、志帆の香水の匂いがしみついているように思えた。

克樹は目を閉じて、志帆の姿を瞼に思い浮かべた。

志帆はやさしくほほ笑んで、克樹を見つめている。タイトスカートにピッチリとくるまれた、まろやかなヒップ……克樹はすっかり淫靡な妄想にとりつかれていた。

ああ、たまらない……おばさま……。どうにかなってしまいそうだ！

克樹の若々しい欲望を充満させたペニスは、痛いほどに張りつめ、見事に天を突いてそそり立っていた。

おばさまと……セックスしたい！

克樹は、志帆のパンティを鼻に押し当て、右手で自らの熱くたぎった肉棒をゆっくりとしごき始めた。全身に甘く痺れるような快感が走った。

そうだ！　おばさまと優香さんが使っていたあれは……？

ペニスをしごきながら、克樹はあの一室で、志帆と優香とが一つに繋がっていた太いバイブのことが気にかかって仕方がなかった。ひょっとしたらこの部屋にあるのでは——と、しばらく自慰を中断して、克樹は志帆の和箪笥の引き出しを夢中で漁った。

ああ、あった！　こ、これだ！

ランジェリーの敷き詰められていた奥に、克樹の捜し求めていた物があった。

それは、極太の双頭バイブであった。太くて長いソーセージのような奇妙な物体で、両端がペニスの亀頭部分をかたどっている。実際のペニスよりはエラの張り具合が誇張されていた。

たしかにそのおぞましい特殊プラスチック製の棒は、志帆と優香とを一つに繋いでいたものである。

克樹は、その双頭バイブを手にした。ペニスのような肉感をもっている。こんなものを女の部分に挿入するだけで、おばさまと優香さんは感じることができるのだろうか？　克樹はそのグロテスクで異形の物体をしげしげと眺めながら、頭の中がぐらぐらと混乱した。

ああ、これが……おばさまと優香さんのおま×こに入っていたのだ！

模造された亀頭の部分を克樹は指先でそっとなぞった。しっとりとした、そしてひんやりとした感触が手のひらに伝わってくる。少しそのエラの部分がくすんだように変色しているように見えた。確かに、その部分の色はわずかにちがっていた。

こ、これは……おばさまと優香さんの……おま×こから出た汁か！

克樹の妄想は、淫靡な方向へと広がっていった。このいやらしい棒状の物を、おばさまと優香さんは何度も使っていたのだろうか。そして、その度にあんなにはしたないよがり声をあげながら悶えるのだろうか。

克樹は、わずかに淫水の痕跡を残しているバイブの部分に鼻を近づけた。何となく女の臭いがこびりついているように感じた。チーズの饐えたような、尿のような異臭が克樹の鼻孔をくすぐった。

ああ、ぼくも……入れたい！　おばさまの中に……。

自分のペニスよりもはるかに太いバイブに頰をすり寄せて、克樹は深い快楽の世界へ紛れ込もうとしていた。

たまらない！　ああ……！

克樹は、はちきれんばかりにみなぎったペニスに、志帆の縮こまったパンティを巻きつけた。そして、激しくペニスをしごきたてた。志帆のパンティをペニスにこすりつけていると思っただけで、本物の志帆の中にペニスを挿入しているような気分になり、快感が倍増する。

思わず克樹は、羽毛のようにすべすべとしてやわらかい志帆の純白のスリップまで手にして、下腹を激しく摩擦した。そのなめらかな感触がさらに克樹の欲望をそそりたてた。

ああ、ぼくは……おばさまと……セックスしてるんだ！

全身に甘い戦慄が走った。膝がしらがわなわなと痙攣する。

ああ、で、出るーっ……！

克樹は上体を大きく後ろにのけ反らした。そして、心の中で喜悦の叫び声をあげた。

その瞬間に、克樹のペニスからおびただしい量の白濁した液体が、志帆のパンティとスリップに飛び散ったのである。

克樹は、体の芯から衝き昇ってきた痺れるような快感を吐き出し、しばらく放心状態であった。

志帆のパンティとスリップに付着した欲望の液体が、トロリと畳の上に流れ落ちた。

その時であった。突然、部屋の襖が開く音がした。

「誰……なの？　あっ、克樹君……！　そ、それは……」

「あっ……！」

志帆の寝室にやって来たのは、娘の優香であった。思いもよらなかった優香の侵入に不意を食らった克樹も驚いたが、それ以上に驚いたのは優香のようであった。

襖の前に立って、信じられないという表情で、ぶざまで変態じみた克樹のランジェリー姿を啞然として見つめた。みるみる優香の顔が、険しく、青ざめていった。

「……」

克樹は、どうしていいかわからず、おろおろとして、その場に立ちすくんでしまった。いやらしく変色した股間を両手で覆うのが精一杯のつくろいであった。

「ど、どういうことなの……これは！　克樹君」

優香は克樹に鋭い視線を向けて言った。切れ長のやさしい眼がややつり上がり、白い頰がわずかに痙攣しているように見えた。優香が初めて見せた怒りの形相であった。

優香は腕組みをし、毅然とした態度で、克樹の前に歩み寄ってきた。

「どういうことなのか説明してちょうだい！」

やや語気を荒げて、優香は言った。優香は、仕事用のグレーのスーツ姿であった。

「ご、ごめんなさい……ぼ、ぼく」

そう謝罪するのが精一杯であった。

克樹は、こんな恥ずかしい現場を目撃されてしまったショックでうろたえ、優香の顔をまともに見ることすらできなかった。このまま、部屋から逃げ出してしまいたい心境であった。

しかし、いまさら後悔してみても始まらない。克樹は、いかにも気まずいというように、伏し目がちに優香の顔色をうかがった。

「なんて格好なの、克樹君。それ、ママの下着でしょ。なぜなの？　なぜ、そんなものを！」

優香は、ヒクヒクと放出の余韻に脈動している克樹のペニスにからまっているパンティを見て、呆れ返ったという表情で眺めながら、厳しく問い詰めるのであった。

「ご、ごめんなさい……」

克樹は繰り返して詫びた。あとは言葉にはならなかった。「変態！」と罵倒されようが、克樹には申し開きのすべなどなかったのだ。

ピシッ！

「ああーっ……！」

優香のしなやかな右手が、克樹の頬を鋭く打ちすえた。克樹は、思いもかけなかった優香の平手打ちに、一歩後ずさりしてしまった。その瞬間に、汚く変色したスリップとパンティが、優香の目にとまった。

「ああ、そ、それ……！」

優香は、克樹が母のパンティとスリップに射精してしまったことに初めて気づいたようだった。

よりによって母の下着を使って、オナニーするとは……優香は驚きと同時に克樹に対して、あらたな怒りがこみあげてきたのだ。

「克樹君、あなた、いったい、どういうことなの？　なぜ、ママの下着を使って、オナニーなんかしちゃったの！」

「……」

「それに、手に持ってるものは何なの！」

克樹は、恥ずかしさと屈辱感とで顔を真っ赤にして、黙ったまま優香の視線をそらすようにして、下を向いていた。

「私、今日はちょっと気分が悪くなって早退してきたのよ。克樹君はまじめにお勉強をしてるとばかり思っていたら、部屋にいないんだもの。まさか、ママのお部屋で、こんな破廉恥なことをしてるなんて……許せない！」

優香の怒りは、そう簡単にはおさまりそうにはなかった。

「克樹君、いつまでそんな恥ずかしい格好をしてるつもりなの。さあ、早く！ママの下着とそれを元の所にしまいなさい」

「わ、わかりました……」

克樹は、優香に指図されるままに、散乱していた志帆のランジェリー類を洋箪笥の引き出しにしまった。

下半身素っ裸のままの克樹は、精液にまみれた股間を両手でしっかりと押さえて、優香の方に向き直って立った。いかにも、気まずそうな、羞《はじ》らいの表情で、優香の顔を見た。少しは優香の怒りが和らいでほしい、克樹はそう心の中で願わずにはいられなかった。

「克樹君、あとで私のお部屋にいらっしゃい。たっぷりと、お説教をしてあげるわ。いい、わかった？」

「は、はい……優香さん」

「このことはママに内緒にしておいてあげてもいいのよ」

「えっ！　本当ですか？」

「まあ、克樹君次第……」

　優香は意味ありげな笑みを浮かべた。そして、フーッと大きなため息をつくと、冷ややかな眼差しで克樹を睨みすえ、部屋から出ていった。

　克樹は茫然と、素裸のままでその場に立ち尽くしていた。予想外の、とんだハプニングだった。今日にかぎって優香が会社を早退して帰ってくるとは。おまけにいちばん恥ずかしい姿を目撃されようとは……すべてが克樹の計算外の出来事であった。


　午後二時を少し回っていた。

「あの、入ってもいいですか……」

　克樹は、言いつけ通りに優香の部屋にやってきた。なんとなく、気恥ずかしそうな表情を浮かべ、顔がいくぶん青ざめている。克樹にしてみれば、優香に、志帆のランジェリーを使って自慰をした現場を目撃されたことがショックだった。

まともに、優香の顔を見ることなどできないという、後ろめたさを拭い去ることができなかったのである。

「克樹君ね……お入りなさい」

優香は克樹を自室に招き入れた。

克樹は初めて優香の部屋に足を踏み入れた。

甘く、やさしいラベンダーの香りが部屋に漂っている。洋簞笥にドレッサー、ライティングディスク、パソコン、CDプレーヤー、さまざまなマスコット人形……。そして、セミダブルのベッド。枕元にオレンジのシェードをかぶせたスタンド、細長いガラスの花瓶に深紅の薔薇が差してあった。いかにも若い女性のフェロモンがムンムンとたちこめている感じがする部屋だ。ベッドのシーツは淡いピンク、同系統の色の羽毛布団もきちんと折り畳んであった。

そこは、もう一つの禁断の、まばゆい花園のように克樹の目には映った。

優香は、ドレッサーの前の丸椅子に座って、自慢のストレートロングの黒髪を丹念にブラッシングしている最中であった。

すでに優香は、スーツからカジュアル系の洋服に着替えていた。パープルピンクのミニのワンピースに厚手の赤いセーター姿。しなやかな美脚を黒いストッキングで包んでいる。さらに長い睫と目元に入れたアイライン、真っ赤なルージュを引いた唇が、優香の美貌を妖しく引き立てていた。

克樹はドアの前に立ちすくんでいた。なんともバツが悪かった。

「うふっ、克樹君。そんな所に立っていないで、入ってそこにお座りなさいよ」

「は、はい……」

優香に促されて、ライティングディスクの椅子に腰を降ろした。

「さあ、どうしようかな」

独り言のように優香がつぶやいた。

「えっ……?」

「ママに言いつけようか、どうしようか迷ってるところよ」

ドレッサーに向かったままで優香が言った。

「そ、そんな……優香さん！」

約束がちがう、と克樹は言おうとした。

「うふっ、ママが知ったらどんな顔をするか、見物よね」

「ごめんなさい……！」

克樹は哀願するかのように優香に謝罪した。

「私に謝ったって仕方ないじゃない。謝るならママによ。ぼくはママのランジェリーを勝手に盗んでオナニーしましたって……ね」

優香の切れ長の瞳が悪戯っぽく光った。克樹の運命は完全に優香の掌中にあった。優香に逆らうことなどできない。

「ゆ、優香さん……」

志帆には絶対に知られたくはない。克樹は必死であった。

フーッと大きくため息をついて、優香は克樹の方に向き直って、その美脚を深々と組んだ。黒いストッキングが優香の妖しい色気を引き立てている。

「克樹君、自分のしたことがどういうことか、わかってるの？」

不気味なほどに物静かな口調で、優香はそう切り出した。内に怒りをおし鎮めたような、年上の女としての威厳をはらんでいた。赤いルージュを引いた唇が、心なしか震えているようにさえ見えた。

「ぼ、ぼく……」

克樹は、上目づかいに優香の美しい切れ長の瞳を見つめ、なんとか言い訳をしようと試みたのだが、うまく言葉にならない。いけないことをしてしまったという罪の意識が、克樹の口をつまらせた。

優香の威圧感に圧倒されて、志帆と優香とのおぞましい行為を目撃したことは、とても口に出して言えそうになかった。

「反省してる？　克樹君」

優香は、黒いストッキングにくるまれた、しなやかな美脚を組み直して、克樹の顔をじっと見つめた。脚を組み直した瞬間に、ミニのワンピースのスカートの裾がずり上がって、肉づきのいい、なめらかな太腿と、その奥の股間に貼りついている白いパンティがチラリと覗いた。克樹は思わず目をそらした。

「克樹君、何を見てるの！　さっきから、私の脚ばかりじろじろと見てるんじゃない？」

股間に、克樹の視線を感じ取った優香は、両手で膝がしらを覆い、いかにも軽蔑したような口ぶりで、そう言った。

「えっ、そ、そんな……優香さん」

克樹はあわてて否定しようとした。しかし、優香に成熟した大人の女の色気を感じていたことはたしかであった。

「どういうことか、私によーく説明してちょうだい。なぜ、無断でママのお部屋になんか入ったの？　どうして、ママの下着を物色なんかしたの？」

単刀直入な優香の詰問に、克樹はどう応じていいか、答えに窮してしまった。

「黙ってちゃわからないじゃない。正直に私に話してちょうだい。克樹君を責めてるわけじゃないのよ。本当のことが知りたいだけ……」

優香の瞳がいっそう妖しい輝きを増した。

「そ、それは、その……」

「克樹君、いつ頃からオナニーを覚えたの？」

「えっ？」

優香の口から、「オナニー」という恥ずかしい言葉が飛び出して、克樹はいささか狼狽した。

「なにも恥ずかしがらなくてもいいじゃない。思春期の男の子だったら、オナニーするのは当然でしょ」

優香は、さも当然という口ぶりで、克樹に言った。

「優香さん、ぼ、ぼく……」

克樹は、若い優香にオナニーのことを聞かれ、恥ずかしさがこみあげてきた。

それは、異性には知られたくない、男だけの秘め事のように思っていたからである。

「オナニーすることを私は咎めてるわけじゃないのよ。どうして、ママのお部屋に入って、ママの下着なんかでいやらしいことをしたのか、そのことを聞いてるだけ」

優香は、少し苛立ったような素振りを見せ、美しく梳いた黒髪を、左手で何度もかき分けながら、克樹を睨みすえた。

「ごめんなさい……優香さん」

「克樹君、どうしてママの下着なんかで？　おかしいとは思わないの？」

執拗に優香は、克樹を問い詰めた。そして、さらに言葉を付け加えた。

「そりゃ男の子だったら、誰でも女の子に下着に興味があることぐらいは、私もわかってるつもりよ。でも、ママの下着でオナニーするなんて……そんなこと、正常ではないわ」

「……」

なんだか自分が変態扱いされているようで、克樹はたまらなくみじめな気分になった。とにかく、もうこれ以上聞かないでほしい、黙って許してほしい、というのが克樹の本音であった。

「克樹君、これからとっても大切な時期じゃない。いい？　いやらしいことばかり想像して、お勉強がおろそかになったりしちゃ、あとで取り返しのつかないことになってしまうわ。わかってるの？　克樹君」

「は、はい……」

優香の厳しい説教に、克樹は仕方なく頷いた。優香が本当の姉のように思われた。

「そう、わかったのなら、もうこれ以上克樹君を責めたりしないわ。今日のことは、ママには内緒にしておいてあげる。そのかわり、もう二度とママのお部屋になんか入って、あんなことしないとお約束できる？」

「わかった、わかりました。もう絶対しません」

克樹はほっと胸を撫でおろした。優香の白い頬にわずかに笑みがこぼれた。

「男の子って、本当に世話がやけるわね。うふっ、困った坊や……」

優香は腕組みをして、いかにもあきれかえったと言わんばかりに、克樹を見て、やさしく笑った。

「ごめんなさい、優香さん」

克樹は、これで許してもらえると思った。そう思うと、さっきまでのうしろめたさと恥ずかしさが、まるで嘘のように心の中から消え去ってしまった。

「克樹君、ズボンを脱いで、このベッドに仰向けに寝てごらんなさい」

優香はベッドを指さして言った。

「えっ……？」

突然の、思いがけない優香の言葉に、克樹は怪訝な表情を浮かべた。そして、優香の顔を見た。どういうことなのか、克樹には一瞬理解できなかったのである。

「克樹君、お姉さんが克樹君のいけないおち×ちんをよーく見てあげるわ。正常に発育してるかどうか、検査してあげる」

さりげなく、優香は言った。

「ええ！　そ、そんな……いやです、ぼく」

克樹は逡巡した。そんな恥ずかしいことは、とてもできそうにない。いかに弱みを握られているとはいえ、美しい異性にペニスを見られることは、たまらなく恥ずかしく、そして屈辱でもあった。克樹は拒もうとした。

「どうかしたの？　克樹君。なにも恥ずかしがることなんてないじゃない。ママのパンティを巻きつけて、その中に白いオシッコをお洩らししちゃうことを考えれば、お姉さんにおち×ちんを見せることぐらい平気のはずでしょ」

優香の切れ長の瞳の奥が、きらりと光った。口元に悪戯っぽい笑みを浮かべている。どうやら、優香は本気らしい。

「そ、そんな……」

なんとか、それだけはやめてほしい、という思いをこめて、克樹は許しを乞うような目で、優香の顔色をうかがった。

「お姉さんに逆らえる？　あんな破廉恥なことをしたんだものね、克樹君は。うふっ、このことをママが知ったら、きっと克樹君のことを軽蔑するでしょうね。この家にもいられなくなって、さぞお父さまが悲しまれることでしょう。だから、お姉さんの言うとおりにすることね」

なかば脅迫じみた口ぶりで、優香は冷ややかにほほ笑んでいた。

「は、はい……」

「さあ、早く！　ズボンを脱いで、ベッドに寝るのよ。ぐずぐずしないで！」

優香は苛立った様子で椅子から立ち上がり、尻ごみしている克樹を自分のベッドに促すのであった。

もはや優香には逆らえない、と克樹は観念した。志帆に、今日のことをばらされでもしたら、それこそ大変だ。ひそかにそのやさしい母性を慕っていた志帆から軽蔑されることは、とても耐えられそうにない。ましてや、この家を追い出されたりしたら……。

克樹はベッドの傍らに立って、おずおずとズボンのベルトをはずしにかかった。

「なにをのろのろしてるの！　克樹君。ズボンだけ脱げばいいのよ。パンツはあとでお姉さんが脱がしてあげる」

優香に急きたてられながら、克樹は仕方なくズボンを脱いだ。上は、紺色のジャージにグレーのセーター姿。白いブリーフの膨らみを、克樹は恥ずかしそうに両手で隠した。

「さあ、ベッドに仰向けになりなさい」

優香は克樹にそう命じた。

克樹は、優香の命令通りに、ベッドへ横たわった。これから、恥ずかしい男の器官を優香の眼に晒すことになると思っただけで、克樹はいたたまれない羞恥に襲われた。

俎《まないた》の上の鯉のように、ベッドに横たわっている克樹を見下ろしながら、優香はうっすらと妖しい笑みを洩らした。そして、おもむろに克樹の寝そべっている傍らに、腰をかがめてきた。

スカートにくるまれたまろやかなヒップが克樹の目を奪う。

「さあ、克樹君、お姉さんが克樹君のいけないおち×ちんを点検してあげるわ。うふっ、もうブリーフの前が大きく膨らんじゃってるみたい……いやらしい坊や」

ワンピースの上から、豊かなバストの膨らみが悩ましく克樹の目に入ってくる。ほのかに甘い香水の匂いが、克樹の鼻孔をくすぐる。それだけで、克樹の若い欲望器官は、激しく刺激され、欲望の血が熱くたぎっていった。

「ああーっ、ゆ、優香さん……！」

優香の白魚のような、白く、しなやかな指先が、克樹のブリーフの膨らみを軽くなぞった。透明なマニキュアが成熟した女を象徴している。克樹は全身をこわばらせ、思わず腰を引いた。

「じっとしてなさい、克樹君。なにも緊張することなんてないじゃない。立派な男の子かどうか、お姉さんが調べてあげる」

優香の手が、克樹のブリーフにかかった。

「ああっ……！」

克樹はそう叫んで、優香の手を払いのけようとした。若い優香に勃起したペニスを見られてしまうのは恥ずかしく、少年にとって屈辱的であった。

「暴れちゃブリーフが脱がせられないでしょ。おとなしくしてるのよ、克樹君」

優香はそう諭すと、なかば強引に克樹のブリーフを引き下げた。プルンと弾むように、克樹の勃起した初々しい肉棒が顔を覗かせた。

「うふっ、元気ね。さっきママのパンティの中に、あんなにたくさんのいやらしいミルクを出したばかりだっていうのに」

「ああ、優香さん……」

克樹は、恥ずかしさのあまり顔をそむけた。だが、優香にペニスを見られている——そう思っただけで、羞恥とは裏腹に、ますます肉茎に熱い血がみなぎっていくのであった。

「ふーん、克樹君のおち×ちん、もう一人前の大人ね。こんなに大きくしちゃって……いけない坊や。これじゃお勉強に集中できないのも無理はなさそうね。いつも、いやらしいことばかり想像して、オナニーをしてるんでしょ。そうよね、克樹君」

優香はそう言うと、克樹の屹立物を、ピーンと爪で軽く弾いた。

「ああっ……！」

克樹は上体をくねらせて、そう叫んだ。

「どうやら発育状態は正常のようね。でも、皮が十分に剝けきってはいないわね」

優香に指摘された通り、また、裕輔にあざけられたように、克樹のペニスは強度の仮性包茎であった。勃起しても、わずかにピンク色の亀頭の先端が顔を覗かせる程度である。そのことは、克樹もいちばん気にしていたことであった。

「皮、剝くわよ」

ぐいっと、優香は克樹の肉棒をきつくしごいて、包皮を翻転させた。

「ああーっ、ヒィーッ！」

克樹は、強引に包皮を剝きあげられる痛みに悲鳴をあげてしまった。

「うふっ、とってもきれいなおち×ちん。亀頭が美しいピンク色ね。いいわ、お姉さんがもっともっときれいにしてあげる」

そう言うと、優香は白い額にかかったストレートロングの髪を後ろにかき上げ、克樹の股間に顔を埋め、その初々しいペニスにそっとキスをした。そして、ピンク色に染まった亀頭の先端を舌先で軽くつついた。敏感なペニスの裏筋にそって丹念に舌を這わせた。

「ああっ、ゆ、優香さん……！」

克樹は、優香のとった予期せぬ大胆な行動にたじろぎ、大きな声をあげた。体全体がブルブルと震えた。

「とってもおいしい……ああ、たまらないわ……このゴム毬のような新鮮な肉の感触がいい。お姉さんがたっぷりと慰めてあげるね」

優香は、克樹のペニスにやさしい愛撫を加えながら、その肉塊を一気に根元まで頬ばった。そのまま唇を動かさずに、若い肉の感触をしばらくじっくりと確かめていた。

「ううっ、ううーん……」

「ゆ、優香さん、ああ……！」

克樹は抵抗もせず、優香のなすがままにされていた。やわらかな口腔と、妖しい舌とが、克樹の痛いばかりに張り詰めたペニスに、じんわりと絡みついてくる。その感触がたまらなく心地いい。

優香は克樹のペニスをいったん口から離した。唾液にまみれたペニスはさらに優香の愛撫をせがむようにヒクついていた。

「なんて、熱くて、固いの。ああ、なんだか……お姉さんも変になってしまいそう」

克樹のペニスを軽くしごきながら、優香の広い頬はわずかに紅を帯びていた。

再び優香は克樹のペニスを咥えた。

独特の臭いが広がる。本来ならば、その臭いはむせかえってしまう悪臭なのだが、優香は別に気にもかけない素振りで、亀頭の冠状部を、舌先でていねいに舐めまわした。

「ああ、ぼ、ぼく……！」

それだけでも強烈すぎる刺激であった。克樹の我慢も限界へと近づきつつあった。敏感な亀頭の裏筋に舌を這わされ、ペニス全体が、優香のやわらかな唇で包み込まれる。じんわりと締めつけられるペニスの痺れるような快楽。

克樹のペニスの芯が激しく痙攣した。優香のフェラチオは実に巧みであった。

優香は、舌の動きを徐々に速めていった。

ペニス全体を唇と舌とでくるむようにしながら、亀頭の裏筋に刺激を加え、きつく吸った。

「ああっ、ぼ、ぼく……もう！」

克樹はあまりの甘美な刺激に、もう我慢できないという表情で、激しく頭を左右に振り、両膝を擦り合わせて、ガクガクと震わせた。

「いいのよ、克樹君。克樹君の新鮮なミルクを飲んであげる」

優香は唇の抽送を中断して、切れ長の瞳を淫乱に輝かせた。克樹のはちきれんばかりに勃起したペニスの脈動から、もう噴火が近づいていることを優香も舌先で感じ取っていた。

「ああ、あっ、ああ……」

「ううっ、うっ、うっ、うっ……!」

猛り狂った克樹のペニスを根元まで頬ばり、優香は震える肉塊にさらに強い愛撫を送り続けた。克樹のペニスが、優香の口の中で細かく痙攣を始めた。

「ああーっ……!」

克樹がけたたましい叫び声を発した。

「ううっ、うぐーっ……!」

と同時に、優香の口腔におびただしい量の液体が飛び散った。

勢いのいい、若々しい樹液の迸りだ。その白い飛沫は、優香の喉の奥にまで飛んだ。

優香は喉を鳴らしながら、克樹の新鮮なエキスを一気に嚥下した。克樹のペニスは、優香の口の中で、まだ細かく痙攣を繰り返していた。

「優香さん……」

克樹は、いかにも照れくさそうに言った。息遣いが荒く、放出の余韻がまだ続いていた。

こんなに強烈な興奮を味わったのは、生まれて初めてのことであった。まさか優香の口の中に射精するとは、考えてもいなかったことである。

「ううっ、うっ、ううーん……」

優香は克樹のペニスを咥えたまま、しばらく離そうとはしなかった。その初々しい肉塊の感触をしばらく堪能しているかのように、うっとりと満足そうな表情を浮かべていた。

もう一度、優香は克樹の肉棒を根元まで頬ばった。そして、舌先で、全体をていねいに舐めあげた。亀頭の鈴口をツンツンとつついた。克樹のペニスが、ピクリと反応を示した。

うふふ、たまらないわ……このおち×ちんの歯ごたえ。

優香は、克樹のペニスをようやく解放した。その肉塊は、少しばかり、力をなくしたように見えたが、依然として天井に向かってそそり立っていた。

美しいピンク色に染まった初々しい肉塊――。

「気持ちよかった？　克樹君」

赤い唇を舌で舐めまわしながら、優香はうっとりとした表情をしている克樹の顔を覗き込んだ。

「は、はい……」

「やっぱり若い男の子ってすごい……こんなにたくさん出しちゃうなんて。それに、お味の方も濃い」

克樹のペニスをいとおしむように撫でさすりながら、優香は静かに笑った。

「気持ちよかったです……とっても」

克樹はぐったりとしてベッドに寝そべったままで、優香を見上げて素直に頷いた。優香の唾液にまみれた、自分の分身を隠そうともせずに、ただぼんやりと優香の顔を見つめていた。あどけない表情であった。

「そう、よかったのね。お姉さん、とっても感激……克樹君を満足させることができて。どう？　オナニーとどちらが気持ちよかった」

「優香さんの方が、よかった……」

「うふっ、正直ね。でも随分と溜まっていたのね。それで、ママのお部屋になんか忍び込んだのでしょ。克樹君、これからはオナニーを我慢することなんてないのよ。したくなったらお姉さんに言ってちょうだい。そのかわり、二度とママのお部屋に入って、ママの下着なんか使ってオナニーしちゃだめよ。わかった？　克樹君」

「は、はい！　優香さん」

「うふっ、あんなにたくさんミルクを出したというのに、元気のいいおち×ちんね。まだ出し足りないんじゃないの？」

そう言って優香は、不安が消えたかのようにすっきりとした表情の克樹のペニスに手を添えて、ゆっくりと根元からしごき始めた。

「ああーっ、優香さん……！」

克樹はまるで少女のように、悩ましげに腰をくねらせた。

「克樹君、もっと気持ちのいいことを……お姉さんが教えてあげようかな」

「えっ……？」

「克樹君はもちろん童貞よね。セックスに興味がある？」

「ゆ、優香さん……」

思いがけない優香の言葉に、克樹は胸が張り裂けんばかりであった。

もしかしたら優香とセックスできる！

克樹は少女のような黒く大きな瞳を輝かせた。

「セックス……したいんでしょ。だから隠れてオナニーしてるのよね。お姉さんとじゃ、いや？　それとも、ママとじゃなくてはいけないのかしら」

優香の白い頰が美しい紅に染まった。切れ長の黒い瞳が、しっとりと妖しく潤んでいた。赤い唇が、興奮のためか、かすかに震えている。どうやら、優香は本気で克樹にセックスを強要しているように思えた。

「そ、そんな……優香さん！」

さすがに、克樹は躊躇した。自分は梅津家では居候の身である。本当のお姉さんのような、美しい優香とセックスする。優香に秘密を握られている以上、それを拒むことなどできない。

「お姉さんのこと、欲しくないの？」

優香は克樹の右手を、自らのすべすべとした太腿に導いていった。

「ああ、ゆ、優香さん……！」

黒いストッキングにピッチリとくるまれた、むっちりとした太腿だ。スカートが膝の上までずりあがって、少し脚を開くと股間に貼りついている白いパンティが見えてしまいそうだ。克樹の手が震えた。すべすべとした、なめらかで温もりのある若い女の腟。

克樹は、成熟した女のスカートの奥から発散している悩ましいフェロモンの香りに、再び欲望がこみあげてきた。優香のスレンダーな体に抱きつきたいという激しい衝動にかられた。

たまらず克樹は優香の深い胸に顔を押し当てた。

「ゆ、優香さん！　ぼく、もう……！」

「ちょ、ちょっと、そんなにあせっちゃだめ」

優香は克樹の頭を押さえて、はやる克樹の心を制した。

「いいわ、克樹君。お姉さんのアソコ、見せてあげる」

「優香さん……」

「見たかったんでしょ。ちょっと待って、今パンティを脱ぐから」

優香はそう言うと、ミニのワンピースの裾を胸のあたりまで惜しげもなくたくし上げた。

黒いストッキングにくるまれた美脚が、克樹の目の前にまばゆく露出した。優香の白い肌とのコントラストが何ともセクシーである。

パンティストッキングの黒いナイロン地から、優香の股間につつましく貼りついている白いパンティがくっきりと透けて見える。スレンダーな体型にしては、なかなかに肉感のあるヒップだ。美しく括れたウエストには贅肉一つついていない。

き、きれいだ！　優香さんの体……。

克樹は優香の成熟した体の、やわらかく、しっとりとした肌に思わず見とれてしまった。

優香はそんな克樹の視線を無視するかのように、ヒップを浮かして、パンティとストッキングをいっしょにして膝がしらのあたりまで引き降ろしていった。股間に端正に生えそろった黒い草むらが覗く。膝がしらに紐状と化してしまったパンティを、優香はパンストとともに、一気に細い足首から抜き取った。

「克樹君。お姉さんのここが見たかったんでしょ。さあ、よーく見るのよ」

そう言って、優香はベッドの上に腰をついて、両の太腿を大きく広げた。

草むらが密生した奥に、鮮やかなサーモンピンクに濡れ光った肉の亀裂が、克樹の目を釘付けにした。その神秘の部分を、ややくすんだ二枚の肉襞が幾重にもおおいかぶさるように絡み合っている。恋人の加織のものよりはやや大造りながら、女の成熟した匂いを放っているように思えた。それはいかにも淫乱な表情を覗かせていた。

「ああ、優香さん！」

克樹は、その淫乱そうな肉の亀裂からじゅくじゅくとあふれている透明な蜜を見つめているうちに、再び激しい欲望が下半身にこみあげてきた。もう、どうにもたまらなかった。

ゆ、優香さんがぼくを誘っているんだ！

克樹はベッドに両手をついて、優香の広げられた股間の妖しい花園に顔を近づけた。ぷーんとチーズの饐えた臭いと、かすかな残尿の臭いとが混ざり合って、克樹の鼻孔を悩ましくくすぐった。

「どうかしら？　お姉さんのおま×こは。キスしてもいいのよ」

優香はそう言うと、克樹の頭を両手でかかえて、強引に自らの淫裂に克樹の顔を押しつけた。

「ううっ、うぐーっ……！」

「さあ、今度は克樹君がお姉さんにご奉仕する番よ。お姉さんが気持ちよくなるまで、舐めて」

優香は、淫裂に顔を押し付けられて苦しそうな呻きを洩らす克樹にそう命じた。

「そ、そう、その調子よ。うまくお姉さんを気持ちよくさせてくれたら、入れさせてあげるからね。さあ、手抜きはだめ！　しっかりとご奉仕するのよ」

「ううっ、ううーっ……！」

優香の花園は十分に潤っていた。淫蕩な花蜜が深い亀裂の奥からとめどなくあふれてくる。その蜜を克樹はピチャ、ピチャと音を立ててすすった。

ああ、早く……優香さんの中に入れたい！

一度くらいの放出では、若い克樹の肉茎は萎えることはなかった。優香とセックスできる、と思っただけで、克樹のペニスは痛いほどに欲望の血を充満させていたのである。

「ああ、い、いい、もっと……もっと強く！　そ、そうよ」

両手をベッドにつき、体をのけ反らせて、優香はあえぎ始めた。克樹の頭を太腿で挾み、括れたウエストを激しくくねらせた。

「吸って！　クリトリスを……そ、そこよ、ああ、あはーん」

「ううっ、うぐーっ……ううーん」

克樹の舌が優香の敏感な真珠の粒をとらえた。コリッとした感触が舌に当たる。

優香の肉芽はすでに固くしこっていた。

克樹は夢中で優香の敏感な突起を吸い、舌先でこねまわした。

「ああっ、あうーっ、ああーん……！」

ストレートロングの黒髪が乱れる。白い額にかかった髪を振り払おうともせずに、優香は頭を狂おしく左右に振った。すでに恍惚とした表情を満面に浮かべ、唇から熱い吐息が間断なく洩れる。

克樹はもう我慢できなかった。淫らな涎を垂れ流している花園から逃れて、今すぐにでも優香と一つに繋がりたかった。しかし、優香は克樹に口舌奉仕を続けることを強いた。

その時、静まり返っていた階下で何か物音がした。

「優香、帰っているの？」

志帆の声であった。

「ママだわ！　克樹君。早く、お部屋に戻りなさい」

優香はあわてた様子で、克樹を自らの股間から解放し、いかにも残念そうな顔付きで言った。

「は、はい！」

克樹とてあわてずにはおれなかった。こんな現場を見られでもしたら、それこそ大変なことになる。早く、自分の部屋に戻らなければ！　克樹は急いでズボンをはいた。

優香もパンティを素早くはき、スカートを元に戻した。

第四章　未亡人のお仕置き

その夜、克樹は昼間の優香との出来事が忘れられずに、悶々としてどうにも落ち着かなかった。センター試験が迫り受験勉強のラストスパートだというのに、どうしても身が入らない。焦る気持ちの一方で、美しい優香の顔と白い裸体が悩ましく脳裡に錯綜する。

十二時をすでに回っていた。克樹はパジャマ姿になって、部屋の照明を暗くして、ベッドに寝転んだ。しかし、どうしても寝つけなかった。

激しい性的衝動が克樹の下半身を支配していた。

その時であった。部屋のドアが静かに開く音がした。あたりはしーんと静まり返っている。

だ、誰だ！

かすかなきぬ擦れの音をたてながら、その人影はひたひたと克樹のベッドの方に近づいて来た。そして、その音は克樹のベッドの前でやんだ。

克樹はその人影の方を振り返り、その人影が誰なのかを確かめようとした。

「克樹君……」

美しく底ごもるような声で、克樹の名前を口にした。

克樹は思わずベッドから跳ね起きようとした。その瞬間に克樹はわが目を疑った。

ベッドの前に立っていたのは志帆であった。

「お、おばさま……！」

克樹は思わず叫んでしまった。

やさしい笑みを口元に浮かべながら、志帆が克樹をじっと見下ろしていたのだ。切れ長の美しい瞳が妖しく輝いている。真っ赤なルージュを引いた肉感的な唇、白い額に前髪を垂らした面長の顔だち。

「ど、どうして？　おばさま……」

ベッドから跳ね起きようとする克樹をやさしく制して、志帆は小声で克樹の耳元にそっとささやきかけた。

「私でがっかりした？」

「お、おばさま……」

克樹の頭の中は混乱していた。どうして志帆がここにいるのか、理解に苦しんだ。

「私のようなおばさんじゃ不満かしら？」

志帆は、切れ長の瞳を妖しく輝かせ、ベッドに仰向けに寝ている克樹の胸をパジャマの上からいとおしむように撫でさすった。

「そ、そんな……おばさま」

「私のこと、きらい？」

とまどっている克樹に、色っぽい声で志帆は言った。

「い、いいえ！」

「そう、うれしい」

克樹の頭を撫でながら、志帆は満面にやさしい笑みをたたえていた。

志帆はいつもの着物姿ではなかった。つややかな黒髪を肩口まで垂らして、ブルーのシースルーのナイティを羽織っていた。ナイティの下には、ブラジャーもパンティもつけてはいない。薄明かりの中で、志帆の白い裸体がナイティ越しにくっきりと透けて見える。形のいい乳房、美しく括れたウエストからまろやかなヒップラインにかけての湾曲が、克樹の心を虜にした。股間には端正に生えそろった草むらの翳りがくっきりと透けている。

完熟した見事な裸身であった。

「セックスしたかったのでしょ、克樹君」

「ええ……いや……!」

「いいわよ、私が……教えてあげる」

啞然として、志帆を見つめている克樹のベッドの前に立って、志帆はおもむろに悩ましいナイティを肩口から滑るようにして脱ぎ捨てた。

はらりとブルーの薄布が床に落ちた。

志帆は、克樹の目の前で惜しげもなく、白く磨かれた肌をあらわにした。華奢な体にしては、お椀型の張りのある乳房、ヒップもなかなかに豊満である。とても四十半ばの体とは思えなかった。しっとりとしてやわらかそうな白い肌が、克樹の心を狂おしいまでに挑発した。

恋人の加織や優香の若くみずみずしい裸身にも、激しい欲情をそそられたが、志帆の裸身はそれ以上にまばゆく、そして蠱惑的であった。何よりも、志帆には克樹が渇望してやまなかった、芳しい「母性」の匂いがした。

克樹はいたたまれなかった。

「ああ、おばさま……！　ぼ、ぼく」

克樹は志帆の裸身に抱き着きたい衝動にかられた。

「さあ、克樹君も裸になりましょうね。私が脱がせてあげる」

そう言うと、志帆はしなやかな指先を克樹のパジャマのズボンにかけた。そして、ゆっくりと引き下げていった。

「は、恥ずかしい、ぼ、ぼく……！」

克樹は両膝をすり合わせて、羞じらいの仕草を見せた。

しかし、そんな克樹の様子には目をくれず、志帆は克樹のパジャマのズボンを足首から抜き取り、ブリーフも一気に引き降ろしてしまった。そして、克樹の上半身をおおっていた服のボタンをはずして、両腕から抜き取った。たちまち、克樹は志帆の手によって全裸に剝かれてしまった。

克樹のペニスは完全に勃起して、雄々しく天をついていた。

「ほほほ、こんなにビンビンにして……いけない坊や」

志帆は、克樹の傍らに立ち、裸の胸から鳩尾にかけて、いとおしむように撫でさすった。ほどよく引きしまった若々しい少年の肌に舐めるような視線を送った。

「ああ、おばさま……！」

「だめよ、あせらないで。そのまま克樹君はじっとしてればいいのよ」

体を起こそうとする克樹を志帆はやさしく制した。

「うふっ、可愛いオッパイ」

「お、おばさま……！」

志帆の白魚のようなしなやかな指先で小さい乳首をまさぐられ、克樹はくすぐったいような感覚に上体をくねらせた。

「とっても敏感そうなオッパイ。ほほほ、まるで女の子のようだわ。膨らみがないのが残念よね」

じらすように、志帆は克樹の薄い胸を撫でまわし、その手を鳩尾へ、そして下腹へと移動させていった。克樹の黒い草むらをいじり、その一本の陰毛をグイッと引き抜いた。

「い、痛いーっ！」

いきなり陰毛を引き抜かれ、克樹は顔をしかめた。

「克樹君にはこんなものがない方が可愛いわよ。どう？　ツルツルの赤ちゃんにしてあげましょうか」

切れ長の美しい瞳を妖しく、そして淫靡に輝かせ、志帆は克樹の苦痛に歪んだ顔を見て冷ややかな笑みを口元に浮かべた。真っ赤なルージュを引いた肉感的な唇と白い歯が、志帆の妖艶な色気をいっそう引き立てている。

志帆の巧みな指先で乳首をなぞられただけで、克樹のペニスは痛いほどに勃起していた。まるでトーテムポールのように天井に向かってそそり立っている。優香から受けた愛撫とはまたちがって、志帆のそれはいかにも完熟した女のもつやさしさがあった。

「ほほほ、もうおち×ちんがビンビン……いやらしい克樹君。この分じゃ四、五回はミルクを搾れ取れそうね」

志帆はいきなり克樹の肉棒には触れようとはしなかった。胸を、鳩尾を、ペニスのまわりを、そして太腿の内側を何度もいとおしむかのように撫でさすり続けた。

そして、ギュッと玉袋をそのしなやかな手のひらで握りしめた。

「ああ、おばさま……！」

生まれて初めて陰嚢《いんのう》を握られ、克樹は下半身を捩らせ、思わず声をあげてしまった。その部分は男の急所であり、ある意味ではペニス以上に敏感なところである。

志帆は、まるでめずらしい玩具でも弄《もてあそ》ぶようにして、二つの睾丸を握りしめ、手のひらの中で転がした。

「面白いわ……男の子のタマタマをこうしていじってると、何だかお仕置きしているみたいな気分」

志帆は、皺だらけの玉袋の皮をやわやわと揉みほぐすように触り続けた。そして、その手のひらに力をこめて、睾丸をわしづかんだ。

「ヒィーッ、痛い……！」

克樹は睾丸を握り潰されるのではないかと思った。それぐらい強い力で志帆は克樹の睾丸を絞りあげ、グリグリと玩弄した。

「そんなに痛いの？　いっそのことこのいやらしいミルクの溜まってるタマタマを潰しちゃいましょうか」

志帆の目は、いっそう妖しく輝き、加虐的な笑みすら浮かべて言った。白い額にかかったほつれ毛が何ともなまめかしく克樹の目には映った。

「私のおま×この中に入れたい？」

克樹の額を撫であげながら、志帆は卑猥な言葉を口にした。おしとやかで、清楚な気品をたたえている志帆にはおおよそ似つかわしくない言葉であった。

「……」

克樹は黙っていた。単刀直入にそう聞かれて、素直に「はい」とは言えなかったのだ。

「入れたいのでしょ？　それとも私じゃだめかしら。恋人の加織さんなら？……麻理から聞いて知ってるのよ」

志帆はさらに震えている克樹に詰問を浴びせた。

「い、いえ、そ、そんな……」

「はっきりと言いなさいよ、克樹君」

志帆はやや苛立った口調で言った。そして、克樹の小さくしこった乳首をギュッとつねった。

「あうっ……！」

克樹は顔をしかめた。

「男の子にしてもらいたいんでしょ。私のようなおばさんじゃ嫌なの？」

「そ、そんなことは……！」

「そう、うれしい……」

志帆は面長の額にかかったつややかな黒髪を後ろにかき分け、克樹の小さな乳首に軽くキスをした。

「可愛いオッパイ。たっぷりと感じさせてあげるわね」

「ああっ、おばさま」

志帆のやわらかな舌先が、妖しい生き物のように克樹の乳首を這いずりまわる。そして、ときどきしこった乳首を、なまめかしい口に含み吸う。くすぐったいような甘い快感が克樹の体の芯を差し貫いていく。

克樹はその不思議な快感に、上体を大きく波打たせ、くねらせた。ペニスがはちきれんばかりに勃起する。

「とっても感じやすいオッパイのようね。いいわ、もっと素敵な刺激を与えてあげる」

志帆の手には、いつの間にか黒光りする太いソーセージのようなものが握られていた。

「こ、これ？　……！」

それは、妖しげな物体であった。その黒いソーセージの先端にはやわらかそうな羽毛の刷毛が装着されていた。

こ、こんなものでどうしようというのだろうか？

見たところ、それは克樹に苦痛を与えるものではなさそうである。克樹に不安感はなかった。それよりも早く、志帆にセックスの手ほどきをしてもらいたいと渇望していたのだ。

「見たことはないでしょうね、きっと。これはバイブレーターと言って、克樹君の敏感なところを責める、とっても気持ちのいいお道具。これで、克樹君のオッパイやおち×ちんやお尻をいじめてあげるわ。ほほほ……」

志帆は嗜虐的な笑みを満面に浮かべて、バイブのスイッチをＯＮにした。

ブーン、ブルルーン……。

バイブの鈍い顫音が克樹の耳元に響いた。それは、あたかもおぞましい快楽をもたらすもののように思えた。克樹は思わず体を堅く丸めた。

「そんなにビクつくことなんてないのよ、克樹君。じっとしてなさい。私にまかせておけば、もっともっと気持ちよくなれるのよ」

熱い吐息を克樹の耳朶に吹きかけ、志帆は甘い言葉を投げかけた。

「は、はい……おばさま」

「そう、いい子ね、克樹君は」

志帆はそう言うと、バイブの刷毛の部分を克樹の乳首にそっと当てがった。

微妙な顫動が克樹の乳首をくすぐる。奇妙な快楽の波が、克樹の敏感な乳首にとめどなく押し寄せてくる。

「ああ、おばさま！　ああっ……」

克樹はその甘美な快楽のうねりにこらえきれず、両膝をこすり合わせて、うっとりとした表情を浮かべた。

「感じるのね、克樹君。じゃあ今度はおち×ちんよ」

ブーン、ブーン、ブルルーン……。

志帆はバイブの先端部分を、垂直にそそり立っている克樹の肉棒に近づけていった。

「こっちはムキムキしておきましょうね」

さも幼児に語りかけるように志帆は言って、克樹の肉棒をしっかりと握りしめた。

「ああっ、おばさま！」

そう叫ぶのと同時に、克樹のペニスの包皮が一気に根元まで剝きあげられてしまった。美しいピンク色に染まった亀頭が露出する。

すでに克樹は乳首を執拗に愛撫されて、亀頭の鈴口から透明な先汁をあふれさせていた。

「ほほほ、いやねーえ、克樹君。先っぽからいやらしい涎を垂らしちゃって。よほどオッパイが感じたみたいね」

たしかに克樹の欲望は、いつ精を吐き出してもおかしくないほどに、頂点近くまで昇りつめていた。このままで、志帆のしなやかな手でペニスをしごかれたら、すぐにでも暴発してしまいそうだ。

「フーッ、仕方ない子ね。これじゃとても筆おろしなんてできそうにないわね。いいわ、一度ミルクを搾り取ってからにしましょう」

呆れ返ったという表情で志帆は言った。

「バイブでイカせてあげるわ」

そう言うと、志帆はおぞましい唸りをあげているバイブの先端に装着されている刷毛で、克樹の涎を流している亀頭をくすぐった。

「あぁっ、あぁーっ……おばさま！」

最も敏感な亀頭にバイブレーションの顫動を送られ、克樹は下半身を激しくくねらせて叫んだ。

「やめて欲しいの？　やめてもいいのかしら……ほほほ」

志帆は悪戯っぽく笑い、バイブの刷毛の部分で克樹のペニスの裏筋をくすぐるようになぞり、会陰部へと移動させていった。

「ああっ、も、もう……！　おばさま……！」

じらされるようにバイブレーターのこまやかな刺激でペニスを蹂躙され、克樹は身をのけ反らして叫んだ。

「本当に敏感な子ね、克樹君って。お尻はどうかしら」

いやらしく顫えるバイブの刷毛を、志帆はすぼまった克樹のアヌスに当てた。そして、アヌスの周辺をこね回すようにしてくすぐり続けた。

「あーっ、あぁーっ……！」

菊蕾をくすぐられる微妙な快感に、克樹は少女のように身悶えずにはいられなかった。太腿がバイブの振動に呼応し、ブルブルと震える。体が甘くとろけてしまいそうな快感だ。

「ほほほ、克樹君はおち×ちんよりもお尻の方が感じやすいのかしら」

志帆は、バイブで克樹のアヌスの周りを弄びながら、人差し指の先をすぼまった菊蕾の中央に突き入れた。

「ああっ、ああーっ！」

克樹はアナルに異物感を覚えた。思わずアナルの括約筋に力を入れてしまった。志帆の指がキュッと締めつけられる。

「とっても締まりのいいお尻だこと。女の子のおま×こよりきつく締まりそうね」

志帆は、克樹の引き締まったヒップをいやらしい手つきで撫でまわした。バイブのスイッチをOFFにして、チューブ入りのローションを指先にたっぷりと掬い取り、克樹の菊蕾に塗り始めた。

「お、おばさま……そ、そんな」

克樹はいささか狼狽した。このまま果てようと思っていたが、どうやら志帆はそう簡単には果てることを許してはくれなかったのだ。

「克樹君のお尻はもちろんバージンよね。さあ、お尻の力を抜いて。痛くなんかしないから安心するのよ」

ひんやりとしたローションの感触が、アナルから伝わってくる。志帆のしなやかな指先でアナルがゆっくりと押し開かれていく。克樹はその不思議な異物感がもたらす快感に全身がわなわなと震えた。

「もっとお尻の力を抜くのよ。そう、いい子ね」

克樹のアナルの肉襞をやわやわと揉みほぐしながら、志帆はやさしい声で言った。そして、頃合いを見計らってバイブに装着されていた刷毛をはずした。バイブは先が細く、根元にいくにしたがって次第に太くなっていた。しかも、丸い瘤が小さいのから大きいのまで順序よく配列されている。アナル初心者用の細長いバイブであった。

志帆はその最も小さな瘤の先端を克樹の菊蕾の中心に当てがった。

「ああっ！　そ、そんな……おばさま！」

克樹はとっさにアナルをすぼめた。

パチン！

「ああーっ……！」

志帆が子供を叱りつけるかのように、克樹のヒップを平手打ちした。

「おとなしくしてるのよ。お尻の力を抜けと言ったはずでしょ！」

厳しい口調であった。

「は、はい……」

「そう、リラックスして……その調子よ」

アナルバイブの先端部分が、ゆっくりと克樹のすぼまったアナルに埋め込まれていく。志帆の目はそれを楽しんでいるかのように妖しく輝いていた。

バイブの先が、克樹のアナルに挿入されてしまった。

「ああ、ううーん……」

無理やりにアナルを押し広げられた異物感に、克樹はヒップをくねらせた。

「さあ、いい気持ちになるのよ、坊や」

志帆は再びバイブのスイッチをONにした。ブーン、ブルルーンと鈍い音をたて、バイブは克樹のアナルの中で唸りをあげ始めた。

「ああっ、ヒイーッ……おばさまあ！」

アナルの敏感な肉襞を抉られるような違和感に、克樹は太腿を震わせて志帆の顔を見上げた。

「どう？　おま×こに小さなおち×ちん入れられている感じじゃないかしら。気持ちいいでしょ。さあ、克樹君、一回目はお尻で感じてイクのよ。克樹君がよがり声をあげてイッちゃうまでやめないからね」

嗜虐的な志帆の言葉であった。志帆は、アナルを翻弄されながら顔を歪ませる克樹をじっと見下ろしていた。そして、人差し指と中指とで克樹の屹立したペニスの裏筋をそっとなぞった。決してしごこうとはしなかった。

「さあ、イッてもいいわよ。思い切りいやらしいミルクを飛ばしてごらんなさい」

「ああ、おばさん……ぼ、ぼく!」

克樹は、バイブの先端でアナルの襞を刺激され、不思議な快感がこみあげてくるのを押しとどめることができなかった。ペニスの刺激とはまったく異なる、体の芯から衝き昇ってくるような陶酔感であった。自分が女になって、あたかもその部分を犯されている気分であった。

ヒップが新鮮な快感に震えた。たまらない甘美な刺激にヒップが勝手にくねる。克樹の剝きあげられてしまった亀頭の鈴口から、透明な先汁がとめどなくあふれてくる。それは暴発が間近に迫っていることを告知していた。

「ほほほ、どうやら克樹君はお尻でイクことができそうね。とっても敏感な子……責め甲斐がありそうなお尻ね」

そんな志帆の加虐的な言葉も、もはや克樹の耳には入ってはこなかった。下半身に甘く痺れるような快感が放射状に走る。克樹の我慢も限界を通り越そうとしていた。

膝がガクガクと激しく震えた。

下半身の付け根から押し寄せてくる欲望のエネルギーをこらえることはできなかった。

志帆に見られながら射精を強いられる！

そのたまらない羞恥と屈辱感の中で、克樹は体をのけ反らして叫んだ。

「お、おばさま！　で、出るーっ……！」

そう叫んだか叫ばないうちに、克樹は全身を細かく痙攣させ、まるで鯨が潮を噴き上げるかのように、ペニスの先端から白く濁った液体をピューッ、ピューッ……と三度撒き散らしてしまったのであった。

「お尻はこれくらいで勘弁してあげるわ。そのうち克樹君のお尻のバージンはゆっくりといただくことにしましょう」

満足そうに淫靡な笑みをたたえて志帆は言った。そして、白いシーツに飛び散った精の痕跡に目を向けた。

「さすがに若いだけあって、なかなか濃いミルクね。粘り気も十分だわ。昼間に優香に搾り取られたばかりだっていうのに……」

なぜ、そのことを……！

驚きの表情を浮かべている克樹を無視して、シーツに散乱した液体を人差し指に掬い取って、志帆は口に含んだ。

「お味もまあまあね。克樹君も舐めてみる？」

そう言って、志帆は放出の余韻に浸り、肩で息をついている克樹の口に、出したばかりの液体をねじ込んだ。

「ううーっ……」

克樹は嫌がる素振りを見せて頭を激しく左右に振った。

「おかしな子ね、自分の出したミルクなのに……まあ、いいわ。さあ、克樹君。これからが本番よ」

ぐったりとベッドに寝そべっている克樹の傍らに添い寝するように、志帆はその磨かれた白い裸体をすり寄せてきた。

「お、おばさま……！」

脂の乗り切った、志帆のしっとりとした白い肌。華奢な体にしては豊満な乳房だ。その膨らみを志帆は克樹の平板な胸に押しつけてきた。

温もりのある肌であった。克樹は、本当の母と添い寝して、母乳を与えられる嬰児《みどりご》のような気分にかりたてられた。

「可愛い、克樹君……」

「ううーっ……！」

志帆は克樹の顔を引き寄せると、その唇をやさしく奪った。肉厚の、いかにも官能的な唇であった。加織とも優香とも、そのキスの味はちがった。得体の知れない生き物のような舌が克樹の口腔へと侵入してきた。舌全体を巧みに使って、克樹の口腔を舐めつくし、舌を積極的に絡ませてきた。やわらかで、ねっとりとした舌だ。

「ううっ、ううーん……」

「うっ、うっ、ううーっ……！」

克樹もキスは初めてではない。志帆のなめらかで、しっとりと吸いついてくるような肌をしっかりと抱きしめ、その円熟した唇の動きに応じた。舌と舌とがもつれ合い、お互いの熱い唾液を交換する。克樹は、志帆の唾液を貪るように啜り、嚥下していった。

ああ、おばさまの体、やわらかくて、熱い……。

ディープキスを交わしているだけで、克樹の下半身に再び欲望の血がじんわりと集まり始めていた。おびただしい液体を放出したばかりだというのに、克樹の欲望は次の快楽を求めていたのだ。

は、早く、おばさまと……したい！

弾力感のある乳房、草むらに覆われた恥丘、まろやかなヒップ、そしてむっちりとした太腿の感触。それらすべてが完熟した大人の女の芳香を放っている。

「あらら、どうしちゃったのかしら。克樹君のおち×ちん、なんだか固くなってきたみたい。ほほほ、本当にいやらしい坊やね」

克樹の髪の毛をやさしく撫でながら、志帆は克樹の微妙な下半身の変化を恥丘に感じていた。そして言葉を続けた。

「キスだけで興奮しちゃうなんて、今夜の克樹君ってすごく淫らね。そんなに私のおま×こが欲しいの？」

「お、おばさま！」

克樹はたまらず志帆の体をきつく抱きしめた。そして、深い乳房の谷間に顔を埋めた。

まるで赤ん坊が母親にオッパイをねだるかのように、やわらかな乳房に頬ずりを繰り返した。

「あぁーん、そんなに乱暴にしちゃだめよ。いいわ、じゃあオッパイを吸わせてあげる。吸って、乳首を……」

「ああ、ああ……！」

克樹は志帆の乳首にむしゃぶりついた。すでに志帆の乳首は固くしこっていた。克樹はそのくすんだ桜桃色の乳首を夢中で吸った。

コリコリとした感触がたまらなく心地いい。

「ああ、あはーん、いい、いいわ、克樹君。すごく感じちゃう」

志帆の口から初めて甘いあえぎ声が洩れた。なよやかな裸身をゆっくりとくねらせ始めた。悩ましいあえぎ声であった。

「ああ、いい、とっても……あぁーん。克樹君、ここも、おま×こも触って！やさしくね」

克樹の上半身を抱きしめながら、志帆は股の力を緩めた。

「おばさま、ああ、ぼく……！」

克樹は志帆の太腿の間に手を差し入れた。興奮で手が震える。すべすべとした太腿の感触を確かめながら、草むらをかき分け、女の部分をまさぐる。

「あぁっ、そ、そこ……！」

志帆の赤い唇から悩ましい吐息がこぼれた。

その部分はすでにしっとりと潤っていた。ぬめりきった果肉がパックリと口を開けて、あたかも克樹を待ち受けていたかのように、克樹の指に絡みついてきた。

克樹は、恐る恐る二枚の肉厚の花びらをそっと押し開いた。そして、その深い亀裂に指を差し入れた。じゅくじゅくと熱い花蜜があふれ出て、やわらかな肉襞が克樹の指先に吸い付き、奥へ奥へと招き入れようとする。

す、すごい！　おばさまの……。

この潤った蜜壺の中にペニスを挿入すると思っただけで、克樹の欲望は一気に高まっていった。

は、早く入れたい……！

克樹は志帆のしとどに濡れそぼった花園を指先でかき回した。

「ああーん、克樹君。いいわ、その調子よ。キスして！　おま×こにもキスして……ああ、ああーん」

志帆は激しく身悶えながら、克樹に口舌愛撫をせがんだ。

克樹はベッドから体を起こした。そして、膝をついて志帆の股間を覗き込んだ。

志帆も、太腿を大きく押し広げ、克樹の愛撫に身をゆだねた。

「おばさま！」

「来て！　早く……舐めて」

はしたない俗語を連発しながら、志帆は自らのしなやかな指先で花園を押し広げた。その部分は花蜜にまみれ、おびただしい量の欲望の涎を垂らし続けていた。

もう、我慢できない！

克樹は今すぐにでも、涎を垂れ流している深い肉の亀裂にペニスをブチ込みたい欲望にかられた。女の部分は、すでに優香によって嫌というほど舐めさせられたのだ。克樹は待ちきれなかった。

「おばさま、ぼ、ぼく……入れたい！」

克樹はそう叫んだ。すでに克樹のペニスは元通りの形を取り戻し、猛々しく天に向かって咆哮していた。

「だめ！　私の言う通りにするの。でないと筆おろしはお預けよ。ほほほ、それでもいいのかしら」

なかば脅迫するように、志帆は厳しい表情になって、はやる克樹を睨みすえた。

「そ、そんな……おばさま」

「それにしてもビンビンね。私に黙ってイッたりしちゃいけないわよ。そうだわ、勝手にイケないようにしておきましょう」

　志帆は思いついたという顔をして、ベッドの脇に脱ぎ捨てたナイティから、胸飾り用のリボンの紐を抜き取った。

「いけないおち×ちんからミルクを出せないように、これで縛っちゃいましょうね」

「ええっ、そんな……！」

「いいから黙って私の言う通りにしなさい」

　志帆は、克樹の屹立物をグイッと握りしめた。それは、次の欲望のはけ口を求めて、新たな脈動を開始していた。

「まあ、こんなにしちゃって……いけない坊や。さあ、可愛いリボンを結んでおきましょうね」

　志帆は嫌がる克樹を制して、ペニスの根元にブルーの可愛らしいリボンを巻きつけた。

　そして、そのままリボンの紐をギュッと力まかせに結んだ。はちきれんばかりに膨らんだペニスの肉がリボンに食い込む。

「ああっ、痛い！」

克樹は思わず顔をしかめた。これでは射精することもできないし、ペニスが勃起すればするほどリボンに肉が食い込んでくる。

「さあ、ていねいに私のおま×こを舐めるのよ。手抜きは許さないからね」

志帆はそう言って、再び太腿を大きく開き、克樹を招き寄せるのであった。

「お、おばさま……」

克樹は志帆の開かれた股間に顔を埋めた。

プーンとチーズの饐えたような異臭が克樹の鼻をついた。目の前に、あのおしとやかで清楚な志帆の淫肉が迫った。肉厚の花びらが花蜜にまみれ、ヒク、ヒクと妖しく息をついている。

克樹は、その淫らな花園に唇を押し当てた。そして、花園の縁に沿って舌を這わせた。

「ああっ、いいわ、そ、そうよ」

志帆は美しく括れたウエストをくねらせ、はしたないあえぎ声を洩らした。白い額にかかった髪の毛を振り乱し、うっとりとした表情を浮かべた。

志帆の女の園は、娘の優香のものに比べると、造りはやや大きめで、色もくすんだピンク色であった。クリトリスも小指の先ほどの大きさがあり、包皮から剝き出しになっていた。おしとやかな顔にはそぐわぬ、いかにも淫蕩な木の芽であった。

克樹はその突起を口に含んだ。そして、舌先で転がし、きつく吸った。

「ああ、あうっ、ああーん、いい、いいわ！　もっと、もっときつく吸って……！」

志帆のよがり声のトーンがひときわ高まった。狂おしく頭を振り、上体をのけ反らしてあえいだ。悩ましい唇を半開きにして、喉の奥から引き絞るような声をたてた。

花芯の泉からとめどなく淫乱な蜜があふれる。その花蜜を克樹は何度もすすった。そして、ピチャ、ピチャといやらしい音をたてて、志帆の果肉を貪り続けた。

「そ、そうよ、もっと、もっとご奉仕するのよ！　ああ、あはーん」

志帆のはしたないよがり声を耳にしているうちに、克樹はもうこらえきれなくなった。

いいかげん奉仕を中断して、猛り狂った肉塊を淫らな谷間にブチ込みたい！

そんな激しい衝動に克樹はかられた。

ああ、も、もう……我慢ができない！

克樹はやにわに志帆の開かれた股間から、淫猥な花蜜にまみれた顔をあげた。

「おばさま！　ぼく、もう……！」

そう叫んで、克樹は志帆のまばゆい裸体に覆いかぶさった。志帆の恥骨に克樹のペニスが当たり、こすられる。はちきれんばかりに膨張したペニス。しかし、根元にきつく結ばれたリボンに肉が深く食い込む。快楽への欲望が高まるにつれて、肉体の苦痛も深くなっていく。残酷な仕置きであった。

その苦痛にもまして、克樹は志帆の淫裂にペニスをブチ込みたい一心であった。猛り狂った肉塊をしゃにむに志帆の恥骨にこすりつけ、「早く入れたい！」という意思表示を志帆に送った。

「わ、わかったわ、克樹君。おま×こに入れて！　克樹君のたくましいおち×ちんでおま×こをいっぱいにして！」

気ばかりをあせらせている克樹の背中を抱きながら、志帆はそう叫んだ。

「落ち着いて、克樹君。じっとして……そう、そうよ」

志帆は克樹の背中を左手で撫でながら、はちきれんばかりの剛直を右手で握りしめ、自らの花園の亀裂へと導いていった。

「ああ、おばさま！」

克樹は身震いした。いよいよ志帆の中にペニスを挿入すると思っただけで、どうにもたまらず、志帆の胸に頬ずりを繰り返した。

敏感なペニスの先端が柔肉の溝に当てがわれる。

「入れるわよ、克樹君。ああ、ああーっ……！」

「ああ、あああっ、おばさま……！」

克樹のペニスがぬめった淫肉の谷間に吸い込まれていく。とろけてしまいそうな快感のうねりが克樹の下半身に打ち寄せて来た。克樹は無我夢中で腰を前後に揺すった。

「あうっ、ああーん……！」

志帆はけたたましいよがり声をたてた。克樹の首に両腕をまわし、克樹の腰の動きに合わせてその柔腰を使った。両の太腿で克樹の体をしっかりとはさみつけて、ペニスを膣の奥深くまで受け入れた。

「ああ、おばさま……ああーっ！」

志帆が激しくあえぐ度に、ペニスがキュッ、キュッと心地よく締めつけられる。やわらかな肉襞がうねるように克樹のペニスに絡みつき、奥へ奥へと吸い込んでいく。

今までに味わったことのない甘美な刺激に、克樹は下半身がとろけてしまいそうな快感を覚えた。

ああ、ぼくのペニスが……おばさまの中に入ってる！

それだけで克樹は達しそうになった。しかし、ペニスの肉に深く食い込んだリボンが快楽の放出を邪魔している。

「突いて！　もっと突いて！　おま×こをグチョグチョにして……ああ、あはーん」

志帆はヒップを震わせ、はしたない言葉を口にしてあえぎ続けた。白い額の眉間に皺を寄せて、鳩尾を激しく波打たせせた。

「ああ、ぼ、ぼく、もう……！」

克樹は体の芯から衝き昇ってくる快感をこらえきれずに、そう叫んだ。リボンで尿道を堰《せ》き止められていなければ、とっくに射精してしまっていたにちがいなかった。

「おばさま、ああ、リボンを……！」

志帆の肉襞を抉るように、子宮の奥までペニスを突きながら、克樹はそう訴えた。

「だめ、だめよ！　イカせないわ。ああ、ああーん……私がイクまでイッちゃだめよ」

苛烈な志帆の要求であった。

「そ、そんな……！　お、おばさま……！」

「ああーん、いい、いいわ！　克樹君のおち×ちん、固くて熱いわ。もっと、もっと激しくして」

あえぎとともに、志帆の膣が収縮する度に克樹のペニスにとめどなく快感が押し寄せてくる。やはりリボンで肉を締めつけられる苦痛よりも、快感の方がはるかにまさっていた。

克樹のペニスは志帆の膣の中で何度も痙攣を繰り返した。抽送の度に、志帆の淫裂はヒク、ヒクと淫乱にうごめいた。

「あはーん、も、もうイキそう……ああ、いい、いいわ！　克樹君のおち×ちん。もっと、もっと、もっとちょうだい！」

「おばさま、ああっ、ぼく……！」

「イクッ、も、もうだめ、イッちゃうーっ……！」

志帆は喉を伸ばし、狂おしくあえいだ。ペニスを受け入れたままで、膣がピクリ、ピクリと痙攣を始めた。それは絶頂を迎えようとしている予兆であった。
「ああ、ああーっ！」

克樹はペニスを志帆の中から引き抜き、リボンをはずしたかった。たまらない射精の快感を味わいたかったのだ。しかし、志帆は克樹の下半身に両足を絡ませて、ペニスを抜かせようとはしなかった。

「ああーん、イク、イッちゃうーっ……！」

ひときわ甲高い志帆のよがり声が部屋いっぱいに響いた。

「ああ、ぼ、ぼく……！」

克樹は弓なりに体を反らせ、両足をブルブルと震わせた。完全に衝き昇ってきた欲望の樹液のエネルギーがペニスの根元で遮断されている。

志帆のよがり声がやんだ。克樹の首に両腕を巻き付けたままで、絶頂の余韻を堪能している様子であった。

「おばさま……」

「抜かないで。このままにして……」

恍惚とした表情を満面に浮かべながら、志帆はそう要求した。

「で、でも……」

「いいの、このままで」

二人はお互いの体を密着させたままで、しばらく身動きしようとはしなかったのである。

「このまま抜かずに、もう一回できるでしょ」

「おばさま、そ、そんな……」

絶頂の余韻に浸りきっていた志帆の意外な言葉に、克樹は信じられないという顔をした。早く、ペニスの根元を縛っているリボンを解いて欲しかったのだ。

「まだまだ克樹君の中には、いやらしいミルクがいっぱい溜まってるはずでしょ。私が全部搾り取ってあげるわ。そのためにはしょうがないから、リボンをほどいてあげる」

志帆は、克樹のペニスをいったん淫裂から解放してリボンをほどき、再び咥え込むと、ゆっくりと腰を前後に動かし始めた。それは、萎えることを許さぬという、志帆の苛烈な要求のようでもあった。

「も、もう、だめです……おばさま!」

そう叫ぶのと同時に、克樹は志帆の中に勢いよく若い精を撒き散らしてしまった。

ちょうどその時であった。

「ママ、もう克樹君の童貞破りの儀式は終わったようね」

ドアを開ける音がしたかと思うと、甲高い女の声が部屋いっぱいに響いた。そして、部屋の中がパッと明るくなった。

「あっ……！」

克樹は思わず驚きの声をあげてしまった。

優香だ！　優香がベッドの脇に立って、にやりと冷ややかな笑みを浮かべて克樹を見下ろしていたのだ。

「優香さん……！」

克樹は、どうして優香がここに居るのかわからなかった。しかし、克樹の驚きはそればかりではなかった。

「克樹君。どうだった？　ママに童貞を奪われた感想は」

あの聞き覚えのある小悪魔的な声がした。優香と並んで、麻理も悪戯っぽい瞳を輝かせて、克樹を見下ろしていた。

「ま、麻理さんも……！」

克樹はうろたえてしまった。頭の中がすっかり混乱していた。

ど、どういうことなんだ！　こ、これは……!?

「ママ、ちょっと休憩させてあげたら。いくら何でも克樹君がかわいそうだわ」

優香が言った。

「そうねえ、わかったわ、少し休憩させてあげる」

克樹の腰を両の太腿ではさみつけていた志帆は、白い額ににじんだ汗を手で拭きながら、その力を緩めた。志帆の花びらがパックリと開いて、亀裂の奥から克樹のペニスが引き抜かれた。

克樹はあっけにとられて、ブルーのリボンで縛られたままのペニスを隠すことも忘れて、母と姉妹の淫蕩な視線を浴びていた。

「克樹君、よかったでしょ。お姉さんじゃなくって……大好きなママに童貞を奪ってもらって」

優香の切れ長の瞳が異様にギラギラと輝いていた。

「加織となんかセックスしなくって、克樹君は幸せよね。ママの方がずっと素敵なんだから……うふっ、克樹君のおち×ちん、ちょっと紫色に変色してるわ」

克樹の勃起したままのペニスをしげしげと観察しながら、麻理は笑った。

優香と麻理は、お揃いの淡いピンクのキャミソール姿であった。薄いキャミソールから、みずみずしい乳房の膨らみがくっきりと透けて見えている。二人とも、キャミソールと同色のセミビキニのパンティをつけていた。

「とっても元気のいい坊やだったわ。十分に私たちのペットとしてお相手ができそう……」

ほんのりと紅に染まった裸身の上にナイティを羽織って、志帆が意味ありげに言った。

「ママを満足させられるんだから上出来よね」

麻理がにこやかにほほ笑んで言った。いつもの快活で健康的な笑顔であった。

「克樹君のミルク、とっても濃くっておいしかったでしょ、ママ」

優香が口をはさんだ。

「ど、どういうことなんですか！　こ、これは……」

三人の女に囲まれて、克樹の心は錯綜していた。

「ほほほ、克樹君。何も疑問に思うことはないのよ。ただ、私たちは克樹君のことをちょっとテストしてみただけ。合格よ、克樹君」

志帆がそう説明した。

「そうよ、克樹君。あなたは梅津家の立派なペットとして暮らせるってこと。素敵なセックスライフをこれから満喫できるのよ」

優香が言葉を添えた。

「克樹君、これからは私たちとずーといっしょ。ねえ、お互いに楽しみましょうよ」

さも嬉しそうに、麻理の声が弾んだ。

「そ、そんな……」

克樹の顔色が一瞬青ざめた。

これまでの志帆や優香、それに麻理の行動はすべて仕組まれたものであったのだ！

克樹はその淫蕩な牝豹たちの罠にまんまとかかってしまったのだった。克樹は狼狽した。一刻も早く、この家から逃げ出さねばならないと思った。

「逃げようなんて馬鹿な考えはよした方がいいわよ。克樹君、実は、あなたのお父様は私にお金の援助を頼んできたの。援助してあげることにしたわ。その引き換えに、克樹君を担保として預かったというわけ……だから、克樹君が私に逆らったりすると、どうなるかわかってるでしょうね」

なかば脅迫でもするかのように、志帆は、冷ややかな笑みを口元に浮かべて言った。

「えっ！　そ、そんなこと……」

あの父が……まさか！

しかし、志帆の言葉にはいかにも真実味があった。克樹の心は、瓦礫《がれき》の山が崩れるように、ずたずたに引き裂かれていく思いがした。

「わかったわね、克樹君」

「私たちは克樹君のことをいじめたりするつもりはないわよ。安心してちょうだい。素敵なペットちゃんとして可愛がってあげるから」

「克樹君って、とっても可愛いんだもの」

嗜虐的な瞳を妖しく輝かせて、三匹の牝豹は、うろたえている克樹を生贄のような眼差しで見つめていた。

「うふ、まずはこのむさくるしくって、邪魔なオケケを剃ってあげようかな」

優香は、克樹の紫色に変色したペニスの周りに密生している陰毛をつまみながら、思いもよらぬことを真顔で言った。

「ええっ、そ、そんな……い、いやだ！」

どうして、そんなことまで！　克樹は反駁しようとした。

「ほほほ、そうねえ、可愛い坊やにはオケケがない方がふさわしいかもね」

物静かに志帆が笑った。優香の提案に反対する素振りなど全くなかった。

「剃っちゃいましょうよ、優香姉さん」

麻理が優香の提案を後押しした。

「や、やめてください！」

克樹は必死に懇願した。しかし、それを聞き届けてくれるような母娘ではなかった。

たまらない羞恥と屈辱が克樹の心にこみあげてきた。誰に見られるというわけでもないが、無毛の股間というものは想像しただけでも恥ずかしいものだ。

「おとなしく優香姉さんの言うことを聞くのよ、克樹君。うふっ、これで克樹君は恥ずかしくって加織なんかと浮気なんかできっこないわよね」

剃毛は、いわば克樹を独占する証しのようなものであった。

嫌がる克樹をなだめすかすようにして、優香は美顔用の剃刀を手にした。

「ああっ、やめてください！　優香さん」

克樹は叫んだ。

「だめよ！　克樹君。克樹君にはこんなけがらわしいものなんか必要ないわ。うふっ、今からとっても可愛い赤ちゃんにしてあげる」

優香は、克樹の哀願をまるで無視して、屹立したままのペニスをつまみ上げ、剃刀を股間に当てがった。

ジョリッという鈍い音がした。

「ゆ、優香さん……！」

「おとなしくしていないと、大事なところに傷がつくわよ」

優香は手際よくジョリ、ジョリと克樹の陰毛に剃刀を這わせていった。

克樹の草むらは、男性にしては薄めであった。黒い翳りが、たちまちのうちに優香の剃刀によって取り除かれてしまった。

「さあ、出来上がり。うふっ、赤ちゃんみたい……。やっぱり克樹君には、けがらわしいオケケなんてないほうがよく似合うわ」

ティッシュで剃りあげた陰毛を拭き取りながら、優香はさも満足げに言った。そして、克樹の無毛の股間をやさしく撫でさすった。

「ああ、ぼく……」

消え入ってしまいそうな、か細い声で克樹はつぶやいた。こんな姿を誰かに見られでもしたら――そう思っただけで、克樹の心におぞましい羞恥がこみあげてくるのだった。

しかし、母娘の淫乱な性の虜と化してしまった克樹には、恥ずかしく屈辱的な剃毛ですら、優香によってほどこされる濃密な愛撫そのものでもあった。

「うふっ、まだ元気があり余っているようね、克樹君のおち×ちん」

たくましくそそり立ったままの克樹の怒張を見つめながら、優香はしとどに股間を熱く潤わせてしまっていた。

獲れたての鮮魚のような克樹のペニスの根元を、優香は軽く人差し指の爪先で弾いた。

「ああっ……優香さん！」

克樹は一瞬眉をしかめ、上体をのけ反らせた。

「リボンがとっても可愛いわよ、克樹君」

苦痛に歪む克樹の表情を眺めながら、志帆は冷ややかに笑った。

「入れたい？　克樹君。お姉さんの中に」

紫色の怒張を人差し指でなぞりながら、優香は上気した顔で言った。

「いいわよ、優香」

志帆の切れ長の目が加虐的な光を放っていた。

「うふ、いただいちゃおうかな、克樹君。もう童貞じゃなくなったことだし……」

優香は、克樹の肉棒を軽くしごきながら、淫乱な笑みを浮かべた。

「まだまだ搾り取れそうね。優香姉さんのあとで、私もいただいちゃおうかな」

麻理の明るい声が部屋いっぱいに弾んだ。

ああ、ぼくは……いったいどうなってしまうんだろうか!?

克樹は自らに待ち受けている運命の翻弄にやっと気づき始めていた。


その夜以来、やさしかった志帆の態度は一変した。生け花の師範としての清楚で気品に満ちた顔は表の顔であり、その偽りの仮面を剝ぐと、淫蕩で加虐的な牝豹の本性をあらわにした。

優香も麻理も、それまでの態度とはうって変わり、克樹をまるで玩弄物のように扱った。

母と二人の娘は、夜ごと自室に克樹を呼び出した。そして、克樹に淫らに火照った花園への口舌奉仕を強要し、克樹のペニスを存分に弄び、最後には濃厚なセックスを眈るようになった。セックスはつねに女上位であり、母娘が満足するまで射精することを許されなかった。

とりわけ志帆の責めは苛烈で激しかった。克樹がたまらずに粗相した時には、どこから調達してきたのか、革製のバラ鞭を振り上げて、全裸の克樹のヒップやペニスを容赦なく打ち据えた。お仕置きの現場には、必ず優香と麻理もいた。

「お、おばさま。許してください！」

克樹は、志帆がエクスタシーに達する前に、こらえきれず射精してしまったのだ。志帆は克樹を厳しく咎めた。

「どうして私がイク前に先にイッたりしちゃったの！ あれほどイッちゃだめと言い聞かせておいたのに。お約束を守れないいけない坊やにはお仕置きが必要ね」

志帆のやさしい切れ長の瞳は、メラメラと淫虐の炎を燃えたたせていた。白い裸身に、シースルーの黒いナイティ姿。妖艶でサディスティックな雰囲気を醸し出している志帆に、克樹は必死に哀願を繰り返した。もはや克樹の心から自尊心も理性も消えかかろうとしていた。

「ママ、今夜も克樹君をお仕置きするのね」

「可愛い克樹君が涙を流して、泣き叫ぶ姿って見物だわ」

志帆の寝室に優香と麻理がやってきた。二人とも淡いブルーのキャミソール姿だ。面白いショーでも見るかのように、二人は好奇の視線を克樹に投げかけた。全裸の克樹は体を震わせながら、恥ずかしい股間を両手で押さえて立ちすくんでいた。

いつの間にか、志帆の手には数本の赤いロープが握られていた。

「抵抗できないように、克樹君を縛ってしまいましょう」

志帆は、冷たく威厳に満ちた口調で言った。有無を言わせぬという厳しい表情である。

「おばさま……！」

かすかに震えた声で克樹は志帆の顔を見た。黒く大きな瞳を潤ませて、おぞましい羞恥の部屋ですっかりおびえきっていた。

「うふっ、克樹君。こわがることなんてないでしょ。ママは、可愛い克樹君に愛のお仕置きをすると言ってるだけ」

優香が口をはさんだ。

「克樹君がママの言いつけを守らなかったんだから、しょうがないでしょ。克樹君って包茎だから早漏ぎみのところがあるのね、きっと」

克樹のしなだれたペニスを、さもあざ笑うように麻理が言った。

「さあ、おとなしくしてなさい、克樹君」

「ああっ、そ、そんな……おばさま!」

志帆は手慣れた手つきで、克樹の両腕を後ろ手に縛りあげた。そして、小さな乳首を挟むようにして、克樹の胸にもロープをかけた。

「残念ね、克樹君が女の子だったら、オッパイが強調できるのに……」

さらに、志帆は克樹の股間にも二本のロープをくぐらせた。ロープの圧搾によって克樹のペニスと睾丸とが前にせり出すような形に緊縛されてしまった。

「ベッドにあがって、四つん這いの格好になりなさい。さあ、早く!」

パチンと志帆は、克樹の引きしまったヒップを平手で打ちすえ、ベッドにあがるように催促した。

克樹はもうすっかり抵抗する気力を失っていた。従順であわれな生贄のように、すごすごとベッドにあがって、屈辱的な四つん這いの姿勢をとった。

「脚を大きく開いて、お尻を高く突き出すのよ」

志帆が、おどおどとしている克樹にそう命じた。

ああ、みじめだ。こ、こんな格好……。

克樹の心にたまらない屈辱と羞恥がこみあげてきた。しかし、志帆の命令には逆らえない。克樹は両足を何度もためらいながら、左右に開いていった。

「わあ、克樹君のお尻の穴が丸見え」

「案外ときれいなピンク色をしてるわね」

優香と麻理は、好奇の目で克樹のアナルをしげしげと観察して、口々に言い合った。

「ママ、克樹君のお尻、お仕置きしちゃうの?」

麻理が悪戯っぽい目をして志帆に問いただした。

「もちろんよね、ママ」

克樹がお仕置きされるのを待ち望んでいるかのように、優香の声が弾んだ。

「仕方ないわね、お洩らしした罰は受けてもらわないと」

志帆は、右手に黒い柄のついたバラ鞭を握りしめていた。

「ほほほ、とってもいじめがいのあるお尻ね。すべすべとしていて、まるで女の子のお尻みたい……」

バラ鞭の柄の部分で、志帆は克樹の引きしまった白いヒップをじらすようになぞり続けた。そして、やにわにバラ鞭を高々と振りかざした。

バシッ！

「あぁっ！」

小気味のいい音が克樹のヒップに響いた。克樹はヒップをブルッと震わせた。

ピシッ！　バシッ！　ピシッ……！

間髪を入れず、続けざまに志帆は克樹のヒップにバラ鞭をくわえた。

「ああっ、ああーっ、ヒィーッ！」

克樹はヒップを少女のように激しくくねらせ、髪の毛を振り乱して悲鳴をあげた。

「罰よ、克樹君。お尻には、鞭のご褒美を与えてあげるわ」

バシッ！、バシッ、ピシッ、バシッ……！

「ううっ、ああーっ……！」

克樹は志帆の鞭音に合わせるかのように、苦悶の表情を浮かべた。美しい少年の顔が苦痛に歪む。その表情が志帆の倒錯した欲望をいっそう助長していく。

二十発の鞭を打ち終えて、志帆は白い額にわずかに滲み出た汗を拭った。ほつれ毛が額にかかり、それが志帆の妖艶な美しさを際立たせた。

克樹の白いヒップが鮮やかな紅色に染まっていた。ぐったりとして、ベッドに顔をついて、ハアハアと肩で大きく息をついている。

「痛かったでしょ、克樹君」

優香は鞭の痕跡をわずかにとどめている克樹のヒップをやさしく撫でまわした。

「ママ、ちょっと克樹君、かわいそう……」

克樹の紅色に染まったヒップを見ながら、さも克樹に同情するかのように麻理は志帆の顔色をうかがった。

「大丈夫よ、バラ鞭は見た目ほど痛くはないんだから。それに克樹君は、ただ痛いだけでもなさそうよ。ほーら、よく見て。克樹君のおち×ちん、さっきより大きくなったと思わない？」

「ああ、そういえば、少し大きくなっちゃったみたい……うふっ、ママに鞭打たれておち×ちんを大きくするなんて、克樹君って変態の気があるのかしら」

優香は、克樹の股間に垂れ下がっているペニスをさすりながら、目を輝かせた。

「あとは、そこへのお仕置き……」

冷ややかな笑みをたたえながら、志帆はベッドにうつ伏せにかがんでいる克樹に告げた。切れ長の美しい瞳がキラリと不気味に光った。

「かわいそう。克樹君、お尻だけじゃなくておち×ちんにもお仕置きされるの」

麻理がいかにも克樹をあわれむかのように言った。

「そうよ、ママがイク前に射精しちゃった、いけないおち×ちんだもの」

「うふっ、男の子って、あんなものがぶらさがっているだけで、お仕置きされるのよね。ねえ、克樹君、いっそのこと手術しちゃって、本物の女の子になれば……そうすれば、私の可愛い妹」

克樹の固くなり始めたペニスをゆっくりとしごきたてながら、優香は淫靡な笑みを洩らした。

「そういえば克樹君のお尻は、ママがちょっぴりいじっただけで、まだバージンだったわよね」

物静かな、しかし加虐的なムードをにじませて、志帆が言った。

「そうだ、ここで克樹君のお尻のバージンを点検してあげましょう」

志帆がさりげなく言った。

思わず優香と麻理は顔を見合わせた。

「克樹君にも、お尻でママのおち×ちんを受け止める必要があるからね」

「ママの……おち×ちん？」

「麻理、それはローターのことよ。克樹君にはおま×こがないから、お尻がおま

×この代わりってわけ」

怪訝そうな顔をしている麻理に、優香は、そう説明した。

「すごーい。なんだかとってもゾクゾクしちゃうわ」

「ああ、そ、そんな……！」

嗜虐的な母娘の会話を耳にした克樹は、アナルを犯される恐怖に両膝がガクガクと震えた。

「ほほほ、安心しなさい。すぐに克樹君のお尻のバージンを犯すとは言ってないわよ。少しずつ時間をかけて、アナルの拡張訓練をしてからのことよ」

志帆は震えている克樹のヒップをやさしく撫でさすりながら、静かな笑みをたたえていた。しかし、その静けさが、克樹には逆に不気味にすら思われた。

志帆の手に冷たく光る器具が握られていた。どうやら医療用の器具らしい。

「ママ、それは？」

麻理が尋ねた。

「これは膣口拡張器、通称ペリカンっていうものよ。産婦人科で使われるの」

志帆がそう説明をくわえた。

「これを、ママ、どうするっていうの？」

「膣を広げるのもアナルを広げるのも、同じようなものよ」

「じゃあ、これを克樹君のお尻に……！」

志帆の冷静さとは打って変わって、姉妹はこれから克樹にほどこされようとしているおぞましい行為に、目を輝かせた。

「い、いやです！　やめてください」

これまでは従順なペットとして、志帆の言いなりになっていた克樹であったが、母娘のおぞましい会話を聞いて、ベッドから逃れようと立ち上がった。

ピシャ！

「ああーっ……！」

逃げようとする克樹の内股を志帆はバラ鞭で鋭く打ちすえた。

「おとなしくしてなさいって言ったはずでしょ！」

志帆は尻込みする克樹を威嚇して、元のベッドの上に無理やり四つん這いの姿勢をとらせた。

「も、もう、やめてください……おばさま」

克樹の哀願は涙まじりになっていた。

「世話のかかる坊やね。優香、麻理、克樹君が暴れないように、しっかりと押さえていなさい！」

「わかったわ、ママ」

克樹の両脇に立った優香と麻理は、身動きできないように、克樹の太腿をしっかりと押さえた。

「い、いやだ！　ああーっ……ヒィーッ！」

克樹は悲鳴をあげた。

志帆がペリカンのすぼまった嘴を、克樹のアナルに強引に挿し入れたからである。

「ああっ、い、いやだ！　ああーっ」

克樹の悲鳴も、可憐な小鳥の囀りとしか聞こえないかのように、志帆はさらに収縮したアナルの肉壁をこじあけるようにして、ペリカンを深く突き入れた。

「ほほほ、けっこう締まりのいいアナルだこと」

加虐的な瞳を輝かせ、志帆はペリカンのネジを緩めていった。克樹のアナルが徐々に押し広げられていく。美しいピンク色の直腸の襞が覗く。

「ああーっ、ううーん……」

克樹は無理やり、すぼまったアナルをこじ開けられていく痛みに、苦悶の表情を浮かべた。ヒップをわなわなと震わせて、おぞましい恥辱に耐えるしかなかった。

「わあーっ、ママ、きれいなピンク色。お尻の中って、こんなにきれいだったのね」

ペリカンで押し広げられた克樹のアナルを覗き込みながら、麻理は驚嘆の声をあげた。

「なんだかおま×この奥を広げられてるみたい……」

優香もしげしげと克樹のアナルに見入っていた。

「ううっ、ううーん……」

克樹は呻いた。アナルを拡張されるのは生まれて初めての経験であった。

「しばらく訓練すれば、中ぐらいのバイブなら受け入れられそうね」

志帆は克樹のアナルからペリカンを引き抜いて言った。

「うふっ、ここが男の子のおま×こっていうわけね」

「ここに入るのね。でも、女の子みたいにお露が出ないのは残念だけど」

克樹のぽっかりと口を開けているアナルを見ながら、優香と麻理は好き勝手なことを言い合っている。

克樹はたまらなく恥ずかしい屈辱に心まで打ちのめされてしまった。

「痛いだけじゃかわいそうだから、克樹君のアナルを感じさせてあげましょう」

志帆は和簞笥の奥の引き出しから、小さな楕円形をしたカプセルのようなものを取り出してきた。

「ママ、それ……ピンクローター」

「そうよ、麻理。よく知ってたわね」

「それを克樹君のお尻に……」

「そう。本当のバージンを奪うのは別の機会にして、今夜はそのための予行演習。ママにちょっとした考えがあるの。そのときのお楽しみにね」

二人の娘は何かを察したかのようにうなずいた。

志帆が手にしていたのは、電動式のピンクローターであった。以前に使われた細長いバイブよりもひとまわり大きいものだ。

「ああ、おばさま……！」

克樹の目には、その快楽をもたらしてくれるはずのピンクローターがおぞましい責め具のように映った。

「この丸いおち×ちんで克樹君をイカせてあげるわ。どう？　素敵なおち×ちんでしょ」

志帆の目は異様にギラギラと輝いていた。

「も、もう、いやです！　おばさま」

克樹は涙をためて、志帆に哀願を繰り返した。

ピシャ！

「気持ちよくしてあげようとしてるのに、何がいやなの。聞き分けのない坊やね。さあ、お尻の力を抜いてリラックスするのよ」

そう言うと、志帆はローターの先端を克樹のアナルに当てがい、グイッと一気にアナルの奥へローターをねじ込んだ。

「ああっ、あああーっ……！」

克樹はおぞましい異物の侵入に、ヒップを激しくくねらせ、苦痛とも喜悦ともつかぬ声をあげた。

「もっと気持ちよくなりましょうね」

そう言って、志帆はローターのスイッチをＯＮにした。

ブーン、ブルルーン……！

鈍い顫音をたてて、ローターが克樹のアナルの中で躍り始めた。

「ああ、ああっ、ああーっ……！」

克樹はアナルの括約筋を激しくくすぐられる異物感に、背中を弓なりに反らした。太腿がブルブルと震えている。

「おち×ちんを挟んだままで仰向けに寝るのよ」

志帆がそう指示した。克樹はアナルにローターを咥えたままで、足を大の字に開き、仰向けに横たわった。

「も、もう、やめてください……ああ、ああーっ！」

克樹はローターの鈍い唸りとともに激しく上体をくねらせ、叫び続けた。

しかし、その苦悶の表情とは裏腹に、克樹のペニスはたくましく勃起し始めていたのだった。

第五章　貫通儀式

それから数日後――。

「克樹君。今夜はお友達を招待してるのよ。うふっ、きっと楽しいパーティーになりそうだわ。もうみんな揃って克樹君を待ってるわ」

夜ごと若い精のエキスを搾り取られて、いささか疲れ果てていた克樹を、離れの生け花教室の広間に誘ったのは優香であった。

優香は真っ赤な厚手のガウンを羽織っていた。唇に濃いオレンジのルージュを引き、薄くアイシャドーを入れ、アイラインで切れ長の目を妖しく強調していた。ストレートロングの黒髪から甘いシャンプーの匂いが漂ってくる。白い頬にほんのりと紅を兆していた。

「えっ？　ど、どういうことですか」

急に優香に誘われて、克樹は何だか不安な気持ちになった。

「楽しいパーティーが始まると言ったでしょ。行けばわかるわ。さあ、これに着替えて」

「ええっ、こ、これを……」

克樹は一瞬躊躇した。

優香が差し出したのは、可愛らしいパープルピンクのキャミソール、それに大胆なハイレグカットをほどこしたお揃いのパンティであった。こまやかなフリルをあしらったストレッチレースのパンティ。

「ど、どうして、ぼくが……これを!」

「克樹君には可愛い女の子になってもらうのよ。ママの提案。さあ、早く!」

優香は克樹を急きたてた。

志帆の提案とあれば従うしかなかった。

克樹は、優香が見つめる前で全裸になり、羞じらいながら、パンティをはき、キャミソールを着た。窮屈なパンティから、ペニスがはみ出してしまいそうだ。

こんな格好を他人に見られたら、きっと「変態」と嘲られるにちがいない。激しい羞恥がこみあげてきた。

「うふっ、よくお似合いよ、克樹君。これでお化粧をして鬘《かつら》でもかぶれば、どこから見たって可愛い女の子……さあ、行きましょう」

ためらっている克樹を追いたてるようにして、優香は離れの広間へと導いていった。

菖蒲の強い香りが漂ってきた。

冷え冷えとした空間であった。ほの明るい螢光灯の光が広間の畳を照らし出している。

その空間に立った瞬間、克樹の背筋に悪寒のようなものが走った。とても信じがたい光景であった。

「克樹君！」

克樹の姿を見て、涙混じりの悲鳴が部屋いっぱいに響いた。聞き覚えのある声であった。

「加織……！」

克樹は思わず叫んでしまった。恋人の加織がいたのだ。

「ど、どうして……！　加織！」

「克樹君、助けて！」

加織は泣き叫んでいた。広間の中央の柱に加織はロープで縛られていた。しかも、清楚な白いスリップ一枚の恥ずかしい格好に剝かれてしまっていたのだ。招待者は加織だけではなかった。

「近藤!」

あの近藤裕輔もいたのだ。

裕輔は全裸であった。そして犬の首輪をはめられて、床柱にくくりつけられていた。うつろな眼差しで、裕輔は克樹の方を見ていた。

こ、これは……どういうことなんだ!

克樹は、自らのキャミソール姿という恥ずかしい格好も忘れて、茫然と冷たい畳の上に立ち尽くした。おぞましい戦慄に克樹の心は締めつけられた。

「ほほほ、とっても楽しいパーティーになりそうね」

奥の襖が静かに開いた。

志帆が麻理をともなって広間へと入ってきた。

床の間には、おごそかな密儀でも執り行なうかのように香が焚かれていた。

志帆は髪の毛を美しく結っていた。しかし、いつもの清楚な着物姿ではなく、薄く肌が透きとおる臙脂色の絹の長襦袢を着ていたのだ。長襦袢を通して、志帆の白い肌となよやかに湾曲した肢体がまばゆく、そして妖艶な雰囲気を醸し出していた。

絹擦れの音を引きながら、志帆は切れ長の瞳を冷たく輝かせて、克樹の前に立った。

「どう？　ママの格好、すごく色っぽいとは思わない」

志帆の背後に立って、麻理が言った。麻理は、濃紺のセーラー服姿であった。いつもより短かめのワインレッドの襞スカート、若鮎のようなピチピチとした素足に白いソックスがよく似合っている。

優香も麻理と並んで立ち、おもむろに赤いガウンを脱ぎ捨てた。下は黒い長袖のレオタード姿であった。そしてしなやかな美脚を銀ラメ入りの黒いストッキングにくるんでいた。成熟した女の妖しい色気を全身から匂わしている。

「お、おばさま……」

不安げな表情を浮かべて、克樹は志帆の顔を見た。

「とってもよくお似合いね、克樹君のキャミソール姿。ほほほ、パンティが窮屈そう、おち×ちんがはみだしちゃってるわ」

志帆は克樹の体を舐めるような嗜虐的な目で見て、冷ややかに笑った。

「うふっ、恥ずかしいわね、克樹君。加織さんの前で、女の子のランジェリー姿でいるなんて。変態の克樹君は嫌われちゃうかもね」

優香は、柱に拘束されている加織の方に視線を向けて、悪戯っぽい瞳を輝かせた。

「でも、加織さんだってスリップ姿。案外と可愛い下着をつけてるのね」

麻理は加織のもとに歩み寄った。

「加織さん、ブラは取っちゃった方が楽でしょう」

加織のスリップの肩紐をずらし、麻理は加織の背中に両手を差し入れた。

「い、いやーあ！　取らないで……！」

加織は緊縛された体をくねらせながら、悲痛な叫び声をあげた。しかし、加織の抵抗などまったく無視して、麻理は加織のブラジャーのホックをはずしてしまった。

ブラカップがずり下がる。

加織は羞じらいの仕草をして、両膝をブルブルと震わせた。

「さすがに、清潔そうなきれいな体をしてるわね。やっぱりバージンって、どこかちがうわ」

優香が羞じらっている加織の方を見ながら、ニヤリと笑った。

加織の表情は恐怖にひきつっていた。

「克樹君、た、助けて……！」

加織はかぼそい声をふり絞って、克樹に助けを求めた。

「無駄よ、加織さん。これから克樹君と加織さんは、私たちの儀式に必要な大切なペットちゃん。おとなしくしていれば、すごくいい気持ちにさせてあげるわ」

物静かな口調ながら、志帆の言葉には威厳のようなものがあった。

「志帆さま……！」

床の間の柱に繋がれていた裕輔が、志帆に向かって叫んだ。

「おとなしくしてなさい！　裕輔。裕輔にもあとで私たちの聖水をたっぷりとお口とお尻から飲ませてあげるわ」

麻理が少し不機嫌そうに言った。

「あ、ありがとうございます。麻理さま……」

克樹は、犬の首輪をはめられ、床の間のそばで四つん這いになってかしこまっている裕輔の姿が信じられなかった。母娘の前にかしずく従順な奴隷のように思えた。

「さあ、始めましょう」

志帆は帯を解いて、肩口から滑らせるように長襦袢を脱ぎ捨てた。その薄絹は音もたてずに、畳の上にハラリと落ちた。白く、しっとりと潤った志帆の裸身が、ほの明るい蛍光灯の光に妖しく映えた。

「あぁっ……！」

志帆の美しい裸身を見て、克樹は思わず驚嘆の声をあげてしまった。

たおやかに湾曲した志帆の腰には、てらてらと異様に黒光りするペニスバンドが装着されていたのだ！　そのアンバランスな姿が、克樹の恐怖をいっそう増長させた。

志帆一人ではなかった。優香も、いつの間にかその柔腰に真っ赤なペニスバンドを装着した。たくましい男性器を模造したペニスは、大きくエラを張って、隆々と天に向かって反り返っていた。

何とも異様で、おぞましい光景であった。

克樹の背筋を戦慄が走った。

加織の可憐な顔も蒼白に変わっていた。

「ほほほ、今夜は処女貫通の素敵な儀式……」

志帆が物静かな口調で言った。その目は倒錯した欲望の愉悦にギラギラと妖しく輝いていた。

「ええっ……！」

克樹は声をつまらせた。言葉を失っていた。

「いやーっ、や、やめてーぇ……！」

事の仔細《しさい》を察知したのか、加織は狂おしい悲鳴をあげた。膝がしらを激しく波打たせていた。

そんな悲鳴も、倒錯の快楽に酔いしれようとしている牝豹たちに届くはずもなかった。

「克樹君のお尻はまだバージンだったわね。童貞を奪ってあげたついでに、お尻の処女も奪ってあげるわ」

うっすらと口元に加虐的な笑みすら浮かべて、志帆は克樹にそう宣告した。

「お、おばさま……！」

「よかったわね、克樹君。ママにお尻のバージンを奪ってもらえるなんて」

麻理がうれしそうにはしゃいでいた。

「加織さんのバージンは私がいただくわ」

白い額にかかった髪の毛をかき分けながら、やや上気した顔で優香が言った。

赤いペニスバンドが、スレンダーな優香の肢体にはいかにも奇妙に映った。

「い、いや、いやーっ……！」

悲痛な加織の叫び声が静まり返った広間の空気を引き裂いた。スリップ一枚に剝かれてしまった白い肌がわなわなと震えている。

おばさまも、優香さんも、麻理さんも……みんなおかしい！

克樹は心の中でそう叫ばずにはいられなかった。

「克樹君、始めましょう。さあ、お股を大きく広げて仰向けに寝てごらんなさい」

志帆が腰に装着したペニスバンドを上下に振りながら、そう命じた。

「お、おばさま……」

「私の命令に逆らうとでも言うのかしら」

「い、いえ、そ、そんな……」

キャミソール姿の克樹は志帆に命じられた通りに、冷たい畳の上に横たわった。

「ママ、克樹君のおち×ちん、もらってもいい？」

麻理が志帆にそうせがんだ。

「そうねえ、せっかくお尻のバージンを犯されるのだから……少しは克樹君を気持ちよくさせあげないとね。いいわ、麻理」

「ありがとう、ママ。加織さんの目の前で克樹君のおち×ちんをいただくのって、とっても興奮しちゃうわ」

「や、やめてください！　麻理さん」

克樹はさすがに拒絶する素振りを見せた。

「克樹君、私のこと、そんなに嫌い？」

そう言うと、麻理は濃紺のセーラー服の上着を脱いだ。悪戯っぽい瞳がギラギラと淫靡に輝いている。

セーラー服の下は、ベージュのハーフカップのブラジャーだけであった。小ぶりの乳房をブラジャーがしっかりとガードしていた。

麻理は何のためらいもなく、背中に両腕を回して、ブラジャーのホックをはずした。どこかにあどけなさを残した、みずみずしい乳房が、ツンと上を向いていた。

そして、襞スカートも無造作に脱ぎ捨てた。可愛らしいセミビキニのオレンジ色のパンティが、麻理の股間にピッチリと貼りついている。

「克樹君、私のおま×こを見て」

そう言うと、麻理はパンティまでも足首からクルリと抜き取ってしまい、仰向けに寝ている克樹の顔をまたいで立った。

「ああ、麻理さん……！」

麻理の鮮やかなサーモンピンクに色づいた肉の亀裂が、克樹の目に入ってきた。全体的にやや小造りながら、可憐な二枚の花びらはなかなかに淫乱そうなかたちをしていた。

「どう？　加織さんのものとどちらが素敵かしら」

二枚の花びらを人差し指と中指とで押し広げ、麻理は中腰の姿勢になって、克樹を悩ましく挑発した。秘肉の裂け目が美しいピンク色に輝き、わずかに露を帯びていた。

「ま、麻理さん……」

麻理の淫裂を間近に見たのは初めてのことであった。加織のものとは、とても同じ年とは思えないほどに、その表情は淫猥な形をしていた。男を誘うような可憐な小悪魔の花園は、克樹の欲望を激しく揺さぶらずにはおれなかった。

克樹の下半身に欲望の熱い血が集まり始めていた。窮屈なパンティの布地を突き破らんかの勢いで、肉棒はたくましくせり上がっていった。

「うふっ、興奮してきちゃったみたいね、克樹君。これじゃ、せっかくの可愛いパンティが台なしね。いいわ、脱がせてあげる」

畳に片膝をつき、麻理は克樹のキャミソールを胸までたくしあげた。そして、克樹のはかされていたパンティに指をかけ、手慣れた手つきで足首から抜き取った。

「ああっ……！」

プルンと弾んで、克樹のたくましく勃起した肉棒が顔を出した。

「あっ、やっぱり克樹君、おち×ちんを大きくしちゃってるわ」

麻理はまるでめずらしい玩具を弄ぶように、その剛直を手のひらでなぞった。

「剝いちゃってもいい？　克樹君」

そう言うと、麻理は克樹のペニスをしっかりと握りしめ、一気に包皮を根元まで剝きあげてしまった。

「ああっ、ま、麻理さん！」

「わあーっ、きれいなおち×ちん」

美しいピンク色に染まった亀頭を撫でながら、麻理は歓喜の声をあげた。

「麻理、克樹君のお尻の下に枕を当てがってくれない。そうしないとお尻の穴が見えにくいから」

「わかったわ、ママ」

志帆の言いつけ通りに、麻理は克樹のヒップの下に枕を差しはさんだ。まるで処女の花嫁との交合をする準備でもしているかのようであった。

「い、いやーっ！　やめてください」

加織の涙混じりの悲鳴が部屋に響いた。

「おとなしくしてましょうね、いい子だから。そんなに暴れなくってもいいのよ、加織さん。さあ、パンティを取りましょうね」

泣き叫ぶ幼児をなだめるかのように、優香は恐怖にひきつっている加織の頬を撫であげながら言った。

「いや、いや！　ああーん……！」

加織は両足をバタつかせて、パンティを脱がされまいと必死で抵抗を繰り返した。

「裕輔、こっちに来て、聞き分けのないお嬢さんのアンヨを押さえてくれない」

「は、はい！　かしこまりました、優香さま」

首輪をつけたままのぶざまな格好で、裕輔は緊縛されている加織の許へと飛んできた。

「しっかり押さえてるのよ、裕輔」

「はい、優香さま」

加織は裕輔に下半身の動きを力ずくで制せられてしまった。

優香は加織のスリップの裾を持ち上げ、胸のロープにはさむと、身をよじらせて嫌がっている加織のパンティに指をかけ、一気にずり下げた。

「い、いやーっ！」

加織の可憐な草むらがあらわに剝かれてしまった。

「裕輔、お前の舌と口とで加織さんのおま×こをたっぷりと感じさせてあげなさい」

優香は裕輔にそう命じた。

「は、はい、かしこまりました」

「うまく加織さんを感じさせたら、ご褒美に私のお小水を飲ませてあげるわ」

「ああーん、い、いやーっ……！」

加織の悲鳴を無視するかのように、裕輔は加織の太腿を両脇にかかえて、バージンの股間に顔を埋めた。

本物の犬のように、裕輔はピチャ、ピチャといやらしい音をたてながら、加織の秘唇に舌を這わせ始めた。

「ほほほ、そろそろ儀式も佳境に入ってきたようね」

倒錯した痴戯に酔い痴れていくような、恍惚とした表情を浮かべて、志帆がニヤリと笑った。

「ママ、先に克樹君を食べちゃうわ。私、もう我慢できない」

「いいわよ、麻理。克樹君を気持ちよくさせてあげなさい」

「わかったわ、ママ」

麻理は克樹の腰を跨いだ。舌なめずりして、眼下にそそり立っている剛直を見ながら、ゆっくりと小悪魔的な体を沈めていった。

「ま、麻理さん、ああーっ……!」

克樹のペニスが麻理のやわらかな肉の隙間に吸い込まれていく。ペニスに絡みついてくるぬめった肉襞がピクリ、ピクリと反応を始める。

克樹は、はちきれんばかりの肉棒を締めつけてくる若々しい麻理の力に圧倒されそうになった。

「あはーん、とっても固いわ、克樹君の……す、すごい」

克樹を根元まで受け入れた麻理は、あどけなさを残したウエストを激しくくねらせ、あえぎを洩らした。

「ああっ、ううーん、麻理さん……！」

麻理の淫肉は、若いだけあって躍動感に満ち、克樹のペニスをキュッ、キュッと断続的に締めあげていった。

ペニスが子宮の奥へ奥へと吸い込まれていくような感触に、克樹はたまらない快感を覚えた。克樹も腰を上下に振って、麻理の動きに合わせて、その柔肉を突き上げた。縛られ、バージンを犯されそうになっている加織が隣りにいることなど、その新鮮な快楽のうねりの中で忘れかけていたのだ。

遠くの方から加織の悲鳴が聞こえた気がした。細い喉を引き絞るような、けたたましい悲鳴であった。続いて、優香の甲高い声がした。

「うふっ、加織さんのおま×こ、いやらしい涎があふれてきたみたいね。もうそろそろおち×ちんを受け入れる準備が整ったみたい。いいわ、裕輔、もうそのくらいで。加織さんの太腿をしっかりと持って、お股を大きく開かせておくのよ」

「ああっ、いや、やめてーっ……ヒィーッ！」

優香が、大きく反り返ったペニスの先端を加織の可憐な花びらの間に当てがった。加織は太腿をわなわなと震わせ、何度も悲鳴をたて続けた。

「ああ、加織……！」

麻理の淫靡な花園の中でペニスを蹂躙されながら、克樹は加織のあわれな姿を見て叫んだ。加織のバージンが、おぞましい模造ペニスによって破られようとしているのだ。克樹はこみあげてくる快感をぐっとこらえながら、両足を激しくバタつかせた。

「克樹君のお尻のバージン、いただくわよ」

志帆の淫蕩な声がした。

その瞬間、克樹はアナルに冷たく固い異物感を覚えた。それは、すぼまったアナルの肉襞をこじ開けるように奥へ奥へと浸食を開始した。

アナルを押し開かれる苦痛と、膣壁でペニスをこすられる快感とが微妙に重なり、克樹は身をよじらせた。

アナルを犯されている！

まるで女になってしまったような気分だ。

「力を抜いてリラックスするのよ、克樹君。お尻でたっぷりと感じさせてあげるわ。ああ、本物の女の子のおま×こを犯しているような気分だわ。ああ、あはーん……！」

志帆は、倒錯した快楽に酔い痴れてでもいるかのように、喜悦混じりのつややかな声をあげた。そして激しく腰を振った。

「ああっ、ううっ、ううーん……！」

狭いアナルの溝を、志帆のペニスバンドで貫かれていく苦痛。しかし、それは克樹の体のどこかでとろけてしまいそうな甘い快楽へと変わっていった。ペニスの奥から、怒濤のように欲望の樹液が衝き昇ってきた。

ああ、どうにかなってしまいそうだ！

克樹はペニスとアナルとを同時に翻弄されながら、これまでに味わったことのない快感が全身を刺し貫いていくのをはっきりと自覚していた。

「ああっ、ああーっ……！」

克樹はたまらない快感に雄叫びをあげた。その瞬間におびただしい樹液を麻理の子宮の奥へ撒き散らしたのであった。

「ギャーッ、ヒィーッ……痛ーい！」

克樹がイクのとほとんど同時に、加織の狂ったような悲鳴が聞こえた。それは、優香の模造ペニスが加織の可憐な花園の奥へ貫通した瞬間であった。

広間がしばらくの静寂を取り戻そうとしていた。生温かい血の匂いが部屋に充満した。

「ほほほ、これで二人ともバ、バージンとおさらばってわけね」

志帆が額ににじんだ汗を拭きながら、満足そうな笑みをたたえて、ぐったりと畳に横たわっている克樹を見下ろしていた。志帆のペニスバンドが真っ赤な血で染まっていた。

「やっぱりバージンって窮屈だわ」

優香がストレートロングの黒髪を乱して、あわれな生贄をじっと睨みすえていた。優香のペニスバンドから鮮血が畳にしたたり落ちた。

「ママ、私、とっても気持ちよかったわ」

麻理が息を荒げて志帆の顔を見つめた。

「ほほほ、三人ともずいぶんと楽しんだわね。でも、これからが本番よ。克樹君のミルクを今夜は最後の一滴まで搾り取ってあげましょう」

志帆はさらに嗜虐的な笑みを口元に浮かべて言った。

「志帆さま……！」

畳の上に這いつくばっていた裕輔が哀願するかのように叫んだ。

「そうそう、お前にお小水を飲ませてあげる時間だったね」

志帆は冷ややかな目で裕輔を見下ろしながら、おもむろに柔腰に装着していたペニスバンドをはずした。股間を覆っている黒い草むらが淫靡に顫えていた。

「ちょうどオシッコをしたくなったところ。いいわ、裕輔、ご褒美をあげる」

「は、はい、ありがとうございます！　志帆さま……」

裕輔は歓喜の表情を満面に浮かべ、畳の上に仰向けに寝た。そして、口を大きく開けて志帆を待った。すでに裕輔のペニスは雄々しく天を突いて震えていた。

「本当にお前はおかしな子ね。みすぼらしい変態の豚……」

嘲るような口調で志帆は言うと、裕輔の顔の上に跨がった。

「お美しいです。志帆さまの……おま×こ」

「バカ！　豚がそんないやらしい言葉を吐くなんて許せないわ」

「あうーっ……！」

志帆は裕輔の屹立したペニスを足で蹴りあげた。

「お、お許しください……」

「お前にはこれで十分。さあ、しっかりとお小水をお口で受け止めるのよ。一滴でもこぼしたりしちゃ、薄汚いおち×ちんをたっぷりとお仕置きしてやるからね」

「ああ、志帆さま……」

志帆は裕輔の顔を跨いで、屈もうとはせず立ったままの姿勢で、股間に指を当てて尿道口を裕輔の顔に狙いを定めた。そして、一気に尿道を緩めた。

シャー、シャーと小気味よい音を立てて、生温い黄金の飛沫が裕輔の顔にはねる。

「ううっ、うぐーっ……ああ！」

裕輔は、志帆の琥珀の液体を顔に浴びせられながら、必死でその滴を貪るように飲み、恍惚とした表情を浮かべた。そして、全身をワナワナと震わせたかと思うと、屹立した肉棒の先端から勢いよく白濁した精を撒き散らしたのであった。

克樹にはとても信じられなかった。アナルを引き裂かれた痛みも忘れて、克樹は倒錯した光景を見ていた。

「克樹君もオシッコを飲みたくなってきたんじゃない？　喉が乾いてるでしょ。そうだわ、せっかくだから、いとしい恋人の加織さんのオシッコでも飲んであげたら。うふっ、バージンのオシッコじゃなくなったのがちょっと残念よね」

優香が冷たい視線を克樹に向けて言った。

「加織さんも溜まっているみたい……」

「い、いやーっ！」

麻理が加織の下腹を押しながら、小悪魔的な微笑を浮かべた。

「さあ、克樹君。加織さんのオシッコを飲んであげなさいよ」

優香は、おどおどしている克樹の手を引っ張って、強引に加織の足元まで導いていった。

「そ、そんなこと……ぼく、できない！」

克樹は拒もうとした。しかし、淫蕩な牝豹たちの前ではすべての自由が奪われてしまっていたのだ。

「加織さん、オシッコ出るわね」

「い、いやーっ、やめてーっ！」

麻理が加織の股間に指を差し入れ、尿道口をくすぐって、小水を出すように促した。

「ほほほ、お小水をこぼしたりしちゃ、裕輔と同じお仕置きを受けることになるのよ。さあ、どんなお仕置きをしてあげようかしら？」

「おち×ちんの串刺しっていうのはどうかしら？　ママ」

優香が淫虐な提案をした。

「それが面白いわ、ママ。私、太いミシン針を持ってくるからね」

麻理が優香に同調した。

「いいわ、けがらわしい子には針を差してあげるのがいいかもね……」

志帆の切れ長の瞳の奥がキラリと妖しく光った。

冬の木枯らしが、広間の外で不気味な唸りをたて始めていた。

◎『未亡人と秘書　美姉妹の童貞ペット』（二〇〇〇年・マドンナ社刊）を一部修正し、改題。

二見文庫

未亡人《みぼうじん》と美姉妹《びしまい》

著者　氷室《ひむろ》　洸《こう》

発行所　株式会社 二見書房
東京都千代田区三崎町2-18-11
電話 03(3515)2311［営業］
03(3515)2313［編集］
振替 00170-4-2639

印刷　株式会社 堀内印刷所
製本　株式会社 村上製本所

落丁・乱丁本はお取り替えいたします。
定価は、カバーに表示してあります。

ISBN978-4-576-15209-7
http://www.futami.co.jp/

氷菓米澤穂信
HIMURO,Ko

古典部シリーズ

「わたし、気になります!」
何事にも積極的に関わろうとする少女・千反田えると、省エネがモットーの少年・折木奉太郎。 二人の同級生が出会うとき、ささやかな日常に潜むミステリーが浮かび上がる——。

角川文庫の既刊本

氷室 冴子
HIMURO,Ko

今朝の骸骨

一千年。……永遠の闇の眠りから甦った「美憂」がたどる数奇な運命と、ひたむきな愛。美しくも哀しい生と死の物語「美憂」をはじめ、少女の淡い初恋を描いた「今朝の骸骨」、少年が体験する不思議な一夜の冒険を描く《蜃気楼綺譚》など、

二見文庫の既刊本

氷撃の姫君

氷堂涼

HIMURO,Ryo

一人暮らしの大学生・吉野耀司のもとに届いた、一通の手紙。そこには、父方の叔母・華音が遺した莫大な遺産の相続について書かれていた。遺産相続の条件として提示されたのは、華音の娘たちと結婚し、子をもうけること――

二見文庫の既刊本